KB065702

나는 간호사, 사람입니다

나는
간호사,

사람
입니다

단 한 번의 실수도
허락하지 않는
삶을 사는
사람들의 이야기

김현아 지음

아를

5년 만의 안부

《나는 간호사, 사람입니다》가 출간된 지도 어느덧 5년이 흘렀습니다. '내 가족조차도 잘 알지 못하는 간호사들의 이야기에 누가 공감해줄까?' 하던 고민이 무색할 만큼 그동안 보내주신 많은 사랑과 응원 덕분에 새로운 표지로 옷을 갈아입고 개정판을 출간하게 되었습니다. 감사합니다.

지난 2018년 책이 출간되고 얼마 지나지 않아 '코로나바이러스감염증-19'가 확산되면서 지구촌은 팬데믹에 빠졌습니다. 저는 병원에서는 떠났어도 여전히 '간호사'였기에 2개월간 코로나19 중환자실에 지원을 나가면서 전국에서 온 많은 간호사들을 다시 만날 수 있었습니다. 이제 막 시험에 합격해 병원 발령을 기다리고 있던 신규 간호사, 보건공무원 시험을 준비하다 간호사가 부족하다는 뉴스를 듣고 무작정 현장으로 달려온 20대 후반의 간호사, 저처럼 병원에 사표를 던지기는 했지만 아수라장이 된 코로나19 현장을 뉴스로 접한 뒤 다시 현장으로 달려오신 50대 수간호사 선생님, 정년을 1년 앞둔 상황에서 젊은 간호사들만 현장에 보내는 게 미안해 지원을 나왔다는 현직 간호 부장님까지……. 이렇듯 국민의 생명을 위협하는 전염병의 현장 한가운데에는 여전히 목숨을 걸고 싸우는 많은 간호사들이 있었습니다. 그간 소중히 기록해둔 간호사들의 이야기 또한 멀지 않은 때에 여러분과 다시 나눌 기회가 오기를 바랍니다.

20년 넘는 시간 동안 간호사로 일하며 많은 경험을 했지만 여전히 누군가의 생명을 지키고 돌보는 일은 어렵고 험난합니다. '누군가는 해야 하지만 아무나 할 수 없는 일'을 하고 있는 이 땅의 모든 간호사들에게 깊은 존경과 찬사를 보냅니다. 아울러 이 책 《나는 간호사, 사람입니다》가 앞으로도 독자 여러분과 간호사 동료들께 부족하나마 힘과 위로가 되는 책으로 남기를 바랍니다. 모두의 건강과 평안을 기원합니다.

2023년 4월
김현아 드림

아무도 알아주지 않던
간호사의 진솔한 이야기

나는 일생을 의롭게 살며
전문 간호직에 최선을 다할 것을
하느님과 여러분 앞에 선서합니다.

나는 인간의 생명에 해로운 일은
어떠한 상황에서도 하지 않겠습니다.

나는 간호의 수준을 높이기 위하여 전력을 다하겠으며
간호하면서 알게 된 개인이나 가족의 사정을 비밀로 하겠습니다.

나는 성심으로 보건의료인과 협조하겠으며
나의 간호를 받는 사람들의 안녕을 위하여 헌신하겠습니다.

— 나이팅게일 서약문

20여 년 전 간호대 학생이던 5월의 어느 날, 나이팅게일이 환자들을 위해 들었던 등불 대신 촛불을 들고 이 서약문을 소리 내어 읽었다. 한 글자 한 글자 또박또박 읽어내려가면서 그 어떤 일이 생긴다 해도 끝까지 내 환자들을 지키겠다고 스스로 다짐했다. 두 손을 통해 온몸으로 전해져오던 촛불의 온기가 유난히 따스한 날이었다.

그로부터 20여 년이 지났다. 모두가 즐거워야 할 어느 명절 아침, 한 대형병원 중환자실 신규 간호사가 스스로 생을 마감했다. 사람들은 그 원인으로 간호사들 사이의 '태움'을 지목했다. 순식간에 간호사는 서로를 괴롭히지 못해 안달 난 나쁜 사람들이 되어 있었다. 병원이 수익 극대화를 위해 대폭 줄여버린 인력과 열악한 환경 속에서 수많은 간호사들이 자신들의 환자를 지키기 위해 얼마나 많은 일들을 해야 하는지, 그럼에도 불구하고 얼마나 많은 '갑질'과 '인권유린'을 당하고 있는지 사람들은 여전히 알지 못했다. 그 길을 이미 걸어온 나는 또다시 절망감에 휩싸여 한동안 잠을 이루지 못했다. 20년이 넘도록 나이팅게일 서약문을 가슴에 품고 살았지만 강산이 두 번이나 바뀌는 시간 동안 달라진 것은 세상에 아무것도 없었다.

병원에서 의사는 환자를 치료하고 간호사는 환자를 돌본다. 의사에게 치료를 가장 잘 받을 수 있도록 24시간 내내 환자의 몸과 마음을 돌보는 간호사의 사명은 환자들의 삶에 직접 들어가는 것이었다. 그들의 고통과 죽음을 고스란히 받아내는 일이었다. 의사의 치료가 생명을 살리는 일이라면 간호사의 돌봄은 희미해져가는 생명을 붙잡는 일이었다. 아무리 뛰어난 의사도 이미 생명이 다한 환자를 살려내지는 못했다. 삶과 죽음 사이를 맴돌다 겨우 삶으로 돌아와도 평생 누워서 지내야만 하는 환자들이 있었다. 그들의 남은 삶을 결정하는 건 단 4분이었다. 간호사들은 자기 환자의 4분을 넘기지 않으려고 끊임없이 저승사자와 싸웠다.

일반적으로 간호사는 '백의白衣의 천사天使'라고 불리지만 정작 현실에서는 백 가지 일을 해야 하는 '백百 일의 전사戰士'가 되어야 했다. 응급환자를 옮겨줄 사람이 없어 직접 그 일을 하다가 허리를 다치고도 대체 인력이 없어 다친 허리에 복대를 감아가며 환자들을 돌봤다. 너무나 허기진 나머지 자신도 모르게 환자의 밥을 입으로 가져간 간호사도 있었다. 근무 틈틈이 병원의 지시에 따라 병원 수익 창출을 위한 아이디어를 내야 했으며, 며칠 밤을 새워 그 아이디어를 돋보이게 해줄 발표 자료를 직접 만든 간호사도 있었다. 근무시간이 끝나도 돌보던 환자가 누워 있는 침대를 닦아야 했고, 급작스러운 심폐소생술이 끝난 뒤 환자가 기적적으로 목숨을 건져도 정신없던 순간에 분실된 응급 비품은 간호사들의 사비로 채워놓아야 했다. 병원이 주최한 건강 강좌에 머릿수를 채우기 위해 지친 몸을 이끌고 참석했고, 병원 행사가 있으면 휴일을 반납해가며 적성에도 맞지 않는 장기자랑을 준비해야 했다. 환자를 돌보는 일에만 집중할 수 있는 시간들이 점점 줄어가자 몸과 마음도 덩달아 지쳐갔다. 그럼에도 그 옛날 언젠가 촛불을 들고 읽어내려갔던 서약문처럼 '간호사로서' 내 환자들을 끝까지 지켜내고 싶었다.

*

2015년 6월 1일. 생전 듣도 보도 못한 낯선 질병 메르스가 전국을 공포로 몰아넣었다. 우리나라에서 메르스 첫 사망자로 기록된 환자를 곁에서 돌보던 간호사도, 같은 공간에서 치료를 받던 수많은 중환자들도 모두 자신이 모르는 사이 격리 대상자가 되어 있었다. 메르스에 노출된 채 중환자실에 남아 있던 내 환자들을 지키기 위해 14일간 그들과 함께하기로 결심했다. 그렇게 목숨 걸고 들어간 14일의 코호트 격리 기간 동안 메르스보다 오히려 두려웠던 것은 사람들의 차디찬 시선이었다.

의료진에 대한 사람들의 곱지 않은 시선은 지금까지 내가 어떤 간호사였는지, 앞으로 어떤 간호사가 될 것인지 끊임없이 스스로 묻게 만들었다. 간호사란 환자들을 위해서라면 그 누구보다 용기가 필요한 직업이라는 걸 그때야 알았다. 끝까지 내 환자들을 지키기 위해서는 더 많은 용기가 필요했지만 그 누구도 용기를 주지 않았다. 포기하며 주저앉을 것 같았던 어느 새벽, 두려움 앞에서 뒷걸음치려는 나 자신을 다독이기 위해 편지를 쓰듯 써내려간 일기가 우연히 신문 1면을 장식했다. 연일 '간호사의 편지'와 내가 몸담고 있던 병원의 이름이 세간에 회자되자 병원 관계자들은 즐거워했다. 하지만 간호사의 처우 개선에 대한 말을 꺼내자 순식간에 그들의 얼굴에서 웃음기가 사라졌다. 간곡히 부탁할수록 표정은 굳어졌고, 마침내 그들은 입을 굳게 다문 채 등을 돌렸다.

*

2017년 5월. 사소한 오해로 흥분한 어느 환자의 보호자가 근무 중인 후배 간호사의 멱살을 잡아끌고 나갔다. 생사를 오가는 환자들이 가득한 중환자실에서 한바탕 난동이 벌어졌다. 바로 옆에서 그 일을 지켜보던 병원 관계자들은 침묵했다. 침묵이 그렇게 소름끼치는 일이라는 걸 처음으로 알았다. 환자들을 돌보다 순식간에 끌려 나간 간호사의 편에 서준 사람은 아무도 없었다. 참다못해 항변하는 내게도 그들은 침묵을 강요했다. 나는 후배 간호사를 위해 아무것도 해줄 수 없는 선배 간호사가 되어 있었다. 오래도록 알게 모르게 쌓여온 자괴감이 마침내 하나의 사건으로 터져서 나를 집어삼킬 것 같던 그날, 나는 그토록 자랑스럽게 여겼던 간호사라는 이름을 버리고 마침내 병원을 떠나기로 결심했다.

*

이 책은 20년 넘게 이 땅에서 간호사로 매일같이 분투하듯 살아온 삶의 기록이다. 정확히는 21년 2개월. 한 사람이 태어나 성인이 되기까지 걸리는 시간이다. 3교대 간호사로 쉼 없이 달려왔던 나 자신에게 무엇이든 마음껏 할 수 있는 시간을 주기로 하자 당연하게도 가장 먼저 간호사들의 이야기를 하고 싶었다.

1장에서는 겁 많고 소심했던 내가 어떻게 신규 간호사에서 저승사자와 싸우는 중환자실 간호사가 되었는지, 또 이 땅의 수많은 간호사들이 어떤 상상조차 못 할 일들을 하고 있는지를 담았다. 2장에서는 수없이 자주 흔들리는 간호사의 정체성과 딜레마에도 불구하고 어떻게 2015년 메르스 사태 당시에 목숨 걸고 환자들을 끝까지 지켜낼 수 있었는지를 직접 경험한 그대로 풀어냈다. 3장은 간호사로서 내가 만난 환자들의 이야기를 고백하듯이 썼다. 삶과 죽음 사이에 위태롭게 서 있던 내 환자들은 매 순간 나 자신의 삶을 돌아보게 만들었고, 내가 배워야 할 모든 것을 자신들의 삶을 통해 가르쳐주었다. 앞으로 가야 할 삶의 방향을 손가락으로 일일이 가리키던 그들 한 명 한 명이 모두 내 스승이었고, 그들만이 내가 간호사라는 사실에 항상 감사하도록 해주었다.

글을 쓰며 때때로 터져 나오던 울음을 참아내지 못했던 까닭은, 지금 이 순간에도 사라지려는 생명을 붙잡기 위해 안간힘을 쓰면서 자부심보다는 축 처져 있을 간호사들의 어깨가 서러웠기 때문이고, 자신의 환자를 지키기 위해 끊임없이 저승사자와 싸우는 '전사'가 되어야 하는 그 고단한 시간들을 알고 있었기 때문이다. 또한 한 신규 간호사를 죽음으로 몰아간 '태움'이라는 단어가 병원 시스템의 문제에서 비롯된 간호 인력 부족과 열악한 근무 환경에서 나온 것이라는 사실을 외면한 채 이미 힘을 잃고 쓰러질 듯 간신히 서 있는 간호사들만의 문제로 돌리는 시선들에 맞서고 싶었기 때문이다. 간호사였던 나를, 지금 간호사인 그들의 처진 어깨를 안아주고 싶었다. 아무도 알아주지 않던 우리의 진솔한 이야기를 하고 싶었다.

갑질과 여성혐오에 이어 '미투', '위드유' 캠페인으로 사회 전체가 떠들썩하다. 강자에게 당하기만 하던 사람들이 조금씩 자신의 목소리를 내고, 조그마한 소리에도 귀를 기울이는 사람들이 늘어가는 모습에 감회가 새로웠다. 환자를 지키기 위해서는 늘 강해져야 했지만 여전히 약자로 남을 수밖에 없는 간호사의 이 조그만 목소리에도 부디 귀 기울여주기를 간절히 바란다.

*

이 책을 쓰기까지 힘이 되어준 많은 사람들이 있다. 가장 먼저 딸이 간호사라는 사실을 항상 자랑스러워해준 사랑하는 엄마 김연기 여사. 주인이 챙기지 못한 남의 집 개의 빈 물그릇도 그냥 지나치지 못하는 엄마는 발에 치여 쓰러진 풀일지라도 일으켜 세워줄 줄 아는 아이로 나를 키워주었다. 40대를 넘긴 딸이 잘 다니던 병원을 그만두겠다고 청천벽력 같은 결심을 했을 때도 묵묵히 지지해준 엄마가 이 책의 일등공신이다. 보건교사 교생 실습을 나가는 동생이 입고 갈 정장 한 벌 없다는 사실을 알고 갓 들었던 보험까지 깨서 정장을 사들고 온 하나뿐인 오빠 김경우는 언제나 '형만 한 아우 없다'는 말이 진리임을 깨우쳐주었다. 간이식 수술 후에도 '인생은 도전'임을 몸으로 보여주신 김명두 막내할아버지, 항상 말없이 따스하게 안아주시던 김금회 할머니는 내 인생의 멘토였다. 병원을 떠난 뒤에도 항상 내가 간호사임을 잊지 않도록 매번 상기시켜 준 후배 김영옥 간호사에게도 깊은 고마움을 전한다. 무슨 일이든 자기 혼자서 되는 일은 없다는 사실을 알려준 많은 사람들 덕분에 외롭지 않게 이 글을 끝까지 쓸 수 있었다.

2018년 4월

김현아

차례

1장
저승사자와 싸우는 간호사들

2장
죽음에서 살아 돌아온 사람들
— 메르스 사태의 한가운데에서 보낸 14일

3장
간호사, 그 아름답고도 슬픈 직업에 대하여

1장

저승사자와 싸우는 간호사들

"4분이면 죽는 거야, 뇌는.

그러면 살아난다 해도 평생 누워서만 지내야 돼.

환자의 심장이 멎을 때마다 담당 간호사가 얼어붙어서

시간을 지체할수록 환자는 그렇게 되는 거야.

뭘 해야 할지 모르겠으면 우선은 무조건 달라붙어. 달려들라고.

너와 네 환자 사이가 가까울수록

네 환자는 살아날 확률이 더 높아지는 거니까."

밀린 보험료와
맞바꾼 꿈

"언제부터 간호사가 되고 싶었어요?"

처음부터 간호사를 꿈꿨을 것이라는 전제를 바탕으로 사람들이 종종 나에게 물어오는 질문 중 하나다. 그 질문을 받을 때마다 유난히 길었던 어느 동사무소 골목을 통곡에 가까운 울음소리와 함께 걸어 나오던 한 여고생이 떠오른다.

우리 집은 가난했고 아버지는 무능했다. 내가 중학생이 되어서야 처음으로 직장을 가졌던 아버지는 1년도 안 되어 다시 직장을 그만두셨다. 아버지의 사직과 동시에 우리 가족에게는 '의료보험'이 사라졌다. 엄마 혼자 남매를 공부시키고 먹고살아야 했다. 엄마는 남의 집안일을 도왔다. 그러다 몸이 아프면 친구의 '의료보험증'을 들고 병원에 갔다.

고등학생이 되자 의료보험이 없으면 병원에 갈 수 없었다. 엄마는 몸이 아프면 병원 대신 약국을 찾았다. 약국에서 사온 약은 별 효과가 없었다. 나는 며칠을 끙끙 앓는 엄마를 위해 의료보험증을 만들어 오겠다는 굳은 다짐으로 동사무소를 찾았다.

"아버님이 꽤 오래전에 직장을 그만 두셨네요?"

"네……. 그럼 의료보험증을 다시 만들 수 없나요?"

"그때 바로 직장의료보험에서 지역의료보험으로 바꿨어야죠."

"네. 그럼 지금 바꿔주세요."

동사무소 직원의 입에서 낯선 단어들이 쏟아져 나왔지만 내 귀에는 신청만 하면 바로 될 것처럼 들렸다. 희망이 보이는 것 같았다.

"보험료는 가져오셨죠?"

"네?"

"그동안 밀린 보험료가 23만 원인데 그 돈을 내야 보험 혜택을 받을 수 있어요."

"아……."

"23만 원 가지고 다시 오세요."

고등학교 한 학기 등록금이 10만 원이던 시절이었다. 등록금 고지서가 나오면 엄마는 며칠 동안 이곳저곳으로 돈을 빌리러 다녀야 했다. 가끔 병원에 가기 위해서 내야 할 그렇게 큰돈은 없었다. 발길을 돌리지 못하는 나에게 동사무소 직원은 돈을 가지고 오는 방법밖에는 없다고 다시 한번 힘주어 말했다.

동사무소에서 돌아 나오는 골목은 하염없이 길게 느껴졌다. 눈부시게 맑고 화창한 햇살이 얼굴을 가득 채웠지만 갑자기 터진 울음에 눈물을 닦아내느라 중간중간 걸음을 멈추어야만 했다.

글을 쓰는 작가가 되고 싶었지만 그걸로는 당장 돈을 벌 수 있을 것 같지 않았다. 엄마도 내가 대학에 가길 원했지만 재수를 할 수 있는 형편도 아니었다. 내 성적으로 안전하게 들어갈 수 있고 가족에게 도움이 되는 그 무언가가 되어야 했다.

그 짧은 순간 떠오른 게 '간호사'였다. 그러면 의료보험이 없어도 웬만한 치료는 내가 엄마에게 해줄 수 있지 않을까. 난 그때 그렇게 간호사가 되기로 굳게 결심했다. 지금 돌이켜보면 세상물정 모르는 생각이었지만 나는 그만큼 간절했다. 그때 내 나이는 겨우 열여덟 살이었다.

간호사 실기시험에서
떨어진 날

"정말 네가 그랬단 말야? 야, 그건 너무했다. 하하하."

"야, 아무리 그래도 그렇지. 하여간 너답다. 호호호."

친구들은 서로 배꼽을 잡고 신나게 웃어댔다. 처음 시험을 봤던 S병원 입사시험 얘기를 막 끝낸 후였다. 나는 지금도 마치 조선시대 과거시험처럼 각 방마다 커다란 글씨로 문제가 걸려 있던 실기시험을 잊을 수 없다. 결국 낙방했지만 그 시험은 어쨌거나 내 환자들을 이해하게 되는 시작점이 되었으니까.

대학 졸업 무렵 각자 원하는 병원에 원서를 접수하는 입사시험이 시작되었다. 나를 포함한 4명이 S병원 입사시험에 필요한 교수 추천서를 받았고 곧 설레는 마음으로 우리는 모두 같은 서울행 비행기에 몸을 실었다(그때 나는 제주도에 살고 있었다). 200명을 뽑는데 1000명이 지원했다는 접수 담당자의 안내를 시작으로 1000명을 400명으로 줄이는 필기시험이 혜화동의 한 초등학교에서 치러졌다. 과목은 전공과 영어였다. 주변에는 낯선 경쟁자들이 가득했고 그들은 모두 시험지 같은 족보를 돌려보고 있었다. 입사시험이 처음이라 모든 것이 낯설었다. 물론 내게는 족보 같은 것도 없었다. 들고 온 커다란 가방에는 며칠 지낼 짐과 함께 두꺼운 영어사전 한 권만 달랑 들어 있었다. 남들이 보고 있는 족보를 같이 보자고 할 만큼의 넉살도 배포도 당시의 내게는 없었다. 족보도 없고 전공책도 없으니 특별히 준비할 일이 없었다. 들고 온 영어사전을 A부터 찬찬히 훑어보는 것 말고는 달리 준비할 게 없었다.

그 후 같이 지원했던 4명 중 2명이 필기시험에 합격했다. 운 좋게 나도 거기에 끼어 있었다. 몇 주 후 실기시험을 위해 이번에는 둘이 같이 비행기에 올랐다. 나는 400명 중 10번째 순서였고 같이 간 친구는 200번쯤이었다. 400명의 지원자들은 세 개의 방에 차례대로 들어가 벽에 걸린 문제를 실기로 치르고 시험이 끝나면 다른 방에서 대기해야 했다. 담당자는 문제가 유출되지 않도록 시험을 본 사람과 시험을 대기하는 사람이 접촉하지 못하도록 철저히 막고 있었다.

드디어 내 차례였다. 두근거리는 마음으로 문에 들어서자마자 갑자기 당황되기 시작했다. 실기시험 장소는 어느 진료실이었다. 앞에 놓인 침대에는 어떤 여자아이가 환자복을 입은 채 바로 누워 있었고 건너편에는 해당 부서장인 듯 보이는 나이 많은 여자들이 근엄하게 앉아 있었다. 숨소리조차 들리지 않았다. 낯선 그들의 수많은 눈이 나를 주시하고 있었고 그 눈빛들이 부담스러워지기 시작하자 빨리 그 방에서 나가고 싶은 마음이 간절해졌다. 고개를 돌리자 한쪽 벽면에 조선시대 과거시험처럼 아래로 늘어진 커다란 종이에 문제가 제시되어 있었다.

"지금 침대에 누워 있는 환자를 Supine position에서 Lateral position으로 바꾸시오."

쉽게 말하면 바로 누워 있는 환자의 자세를 옆을 볼 수 있게 측면으로 돌리라는 말이었다. 왼쪽 선반에는 베개가 수십 개 쌓여 있었고 아이가 누워 있는 침대 옆에는 볼펜과 함께 대학노트 한 권이 놓여 있었다.

문제의 정답은 선반에 놓인 베개들을 사용해 환자의 자세를 바꾸면서 최대한 편하게 신체를 지지해준 뒤 그에 대한 경과를 간호 기록으로 마무리하는 것이었다. 환자를 편한 자세로 바꿔주는 방법은 책으로 공부하며 배웠지만 이미 정신이 몽롱해진 나는 아무 생각도 나지 않았다. 왠지 정성스럽게 쌓아놓은 베개들이 원래 이 진료실에 여분으로 비치된 물건처럼 보였고 가져다 쓰면 안 되는 것으로 보였다. 앞에서 굴러다니는 노트와 볼펜도 원래 이 진료실에서 쓰던 것이라는 생각이 들어 함부로 열어보면 안 될 것 같았다. 간호기록을 해야 한다는 생각은 꿈에도 하지 못했다. 그렇게 나는 최대한 예의 바르게 바로 누워 있는 여자아이를 쓱 밀어 옆으로 돌려놓고 바로 나왔다. 베개도 없이 돌아누운 그 아이의 머리가 아래로 꺾였다.

*

S병원 입사시험은 당연히 낙방이었다. 그 당시 난 어지간히 소심하고 겁이 많았다. 내 경험담에 쓰러지듯 웃던 친구들의 모습에 문득 베개도 없이 가로누인 그 아이가 얼마나 불편했을지 직접 알고 싶어졌다. 집에 돌아오자마자 방으로 들어가 바로 누웠다가 베개 없이 옆으로 누워봤다. 곧 아래로 꺾인 목이 뻣뻣해졌고 5분도 제대로 누워 있지 못할 정도로 불편했다. 이번에는 집에 있는 모든 베개를 총동원해 내 몸에 직접 시험해봤다. 베개 하나를 머리에 대고 뒤로 넘어가지 않도록 등에 하나를 더 댔다. 또 다른 하나는 양 다리 사이에 끼워 넣고 하나는 팔 아래 대봤다. 정말 편했다.

책으로 배운 것은 지식이었지만 내가 직접해보자 지식은 경험으로 바뀌었다. 내 몸이 기억하는 대로 환자들에게도 해주기 시작했다. 의식이 없는 내 환자들도 힘들면 인상을 찌푸렸고 뭔가 불편하면 표정으로 말했다. 그럴 때마다 나는 수시로 내가 편했던 자세를 기억해내며 바꿔주었다. 그들의 표정이 한결 부드러워졌음을 알 수 있었다. 움직일 수 없는 환자에게 가장 편한 자세를 찾아내고 자세를 바꿔주는 일쯤은 이제 내게 아무것도 아닌 일이 되었다. 다만 마음에 걸리는 것은, 그 실기시험 때 베개 하나 없이 고개가 아래로 꺾이도록 불편하게 돌려 눕혔던 그 아이의 자세를 이제는 다시 바꿔줄 수 없다는 아쉬움이었다.

두 개의
세상

아직 신규 간호사였던 어느 날, 지방에서 올라와 자취를 하던 어느 선배가 그랬다. 환자 곁을 지키느라 늘 끼니를 거르며 밥 대신 위염 약을 달고 사는 선배였다.

"내가 이렇게 일하는 줄 알면 아마 우리 엄마가 보자마자 막 끌고 집에 내려갈걸?"

잠시도 환자 곁을 떠나지 못해 자주 화장실 때를 놓치다 결국 방광염을 진단받았던 또 다른 선배가 말했다.

"우리 아빠는 아마 우실 거야. 내가 이래봬도 눈에 넣어도 안 아프다는 막내딸이거든."

여기저기서 조그맣게 웃음이 터져 나왔다.

틀어놓은 TV 속 드라마에서는 간호사가 몸에 꽉 달라붙는 유니폼을 입고 아이스커피를 손에 든 채 한가로이 병원을 돌아다니고 있었다. 남자 의사가 간절히 환자를 살리려고 고군분투하는 사이, 화장을 짙게 하고 액세서리를 주렁주렁 단 간호사들은 수다스럽게 몰려다니며 남 얘기를 주고받거나 여기저기 참견하며 여유로운 시간을 보내고 있었다. 위염과 방광염에 시달리다 결국 병원을 떠났던 선배들이 떠올라 TV를 꺼버렸다.

2015년 한국 사회를 공포에 떨게 했던 메르스 사태 당시 썼던 글이 신문 1면에 실렸을 때 하나뿐인 오빠가 그랬다.

"난 내 동생이 그런 일 하는 줄은 차마 몰랐다."

20년 넘게 환자 곁을 지키며 살아온 내 시간들을 가족도 모르고 있었다.

*

볕 좋은 어느 봄날이었다. 아침 근무를 위해 새벽같이 나온 그날도 어김없이 내게 맡겨진 5명의 중환자들을 돌보고 있었다. 모두 한결같이 상태가 위급해 잠시도 곁을 떠날 수 없던 날이었다. 숨이 끊어질 것처럼 끓어오르던 가래를 뽑고 돌아서면 다시 넘치는 가래 소리를 내던 환자가 있었고, 두 번의 심폐소생술에서 돌아왔지만 언제 다시 심장이 멎을지 모르는, 죽음을 눈앞에 둔 환자가 있었다. 매 시간마다 관장으로 독소를 빼내야 하는 의식 불명 간경화 환자가 있었고, 뇌질환으로 생긴 환청과 섬망譫妄(의식이 흐리고 착각과 망상을 일으키며 헛소리나 잠꼬대 또는 알아들을 수 없는 말을 하며, 몹시 흥분했다가 불안해하기도 하고 비애나 고민에 빠지다가 마침내 마비를 일으키는 의식 장애)으로 잠시도 가만히 있지 못하고 고함을 질러대며 침대를 부숴버릴 것처럼 날뛰던 환자에게는 안전을 위해 억제대를 매번 다시 고정해줘야 했다. 마지막 환자의 투석기에서는 혈액을 뽑아내고 여과시켜 다시 몸속으로 넣어주는 투석 라인이 굳어가고 있었다. 그건 앞으로 내가 적어도 30분 동안 새로운 투석 라인에 혈전 용해제가 섞인 생리식염수를 통과시켜 공기를 빼내고 다시 환자에게 연결해야 한다는 의미였다. 식사시간은 10분이면 충분했지만 내게는 그 10분도 없었다. 마침내 투석기에서 투석 라인을 교체하라는 알람이 울렸다. 그날도 난 점심을 건너뛰기로 했다.

할 일이 태산 같아 마음은 조급했지만 그와 달리 내 몸은 눈치 없게도 배가 고프다며 아우성이었다. 아침도 거르고 온 터였다. 중환자실 책임자는 중환자실 내에서는 냄새 때문에 커피도 마시지 못하게 했다. 환자를 배려한 결정이었지만 일을 하는 사람에게는 곤욕이었다. 커피나 간식은 근무시간이 끝난 후나 잠시 쉴 수 있을 때 의료 장비로 가득한 환자 없는 공간에서만 가능했다. 근무가 끝나려면 아직 4시간이나 남아 있었고 내 환자 곁을 떠날 잠시의 짬도 없었다.

30분 동안 투석기를 멈추고 환자의 투석 라인을 새것으로 꼼꼼히 교체한 후 다시 전원을 켜자 갑자기 참을 수 없는 공복감이 밀려왔다. 냉장고 안에 지난 밤 근무번이 두고 간 삶은 달걀이 하나 남아 있던 게 문득 떠올랐다. 중환자실을 수시로 둘러보는 책임자 생각에 잠시 망설였지만 결국 나는 그 계란을 한 손에 꼭 쥐었다. 급히 마스크로 얼굴의 반을 가리고 사람들이 오가는 중환자실 문 뒤로 몸을 숨겼다. 그러고는 피 묻은 폐기물 박스 앞에서 마음을 졸이며 껍질을 벗겨 누가 볼 새라 황급히 계란 한 알을 통째로 입 안에 쑤셔 넣었다.

마스크 안으로 다급하게 입을 오물거리고 있던 내 눈에 창가의 따스한 봄볕이 들어왔다. 제대로 씹지도 못한 계란을 급히 삼키며 잠시 내려다본 바깥엔 내가 있는 곳과는 전혀 다른 세상이 있었다. 점심식사를 마친 사람들의 손에는 커피가 한 잔씩 들려 있었다. 그들은 맑고 따스한 봄볕 아래 한가로이 웃으며 담소를 나누고 있었다. 이유도 없이 갑자기 눈물이 핑 돌았다.

그때 나는 나이 서른아홉 살의 평간호사였다.

피 묻은 폐기물 박스 앞에서
마음을 졸이며 껍질을 벗겨 누가 볼 새라
황급히 계란 한 알을 통째로 입 안에 쑤셔 넣었다.
마스크 안으로 다급하게 입을 오물거리고 있던 내 눈에
창가의 따스한 봄볕이 들어왔다.
제대로 씹지도 못한 계란을 급히 삼키며
잠시 내려다본 바깥엔 내가 있는 곳과는
전혀 다른 세상이 있었다.
점심식사를 마친 사람들의 손에는
커피가 한 잔씩 들려 있었다.
그들은 맑고 따스한 봄볕 아래
한가로이 웃으며 담소를 나누고 있었다.

간호사와
환자의 거리

신규 간호사들이 입사했다. 그들을 데리고 다니며 중환자실을 설명하는 내 눈에 그들의 흔들리는 눈빛이 들어왔다. 낯선 풍경에 얼어버린 몸을 쭈뼛거리며 주위를 둘러보는 불안한 시선들. 그들도 언젠가의 나와 같은 생각을 하고 있는 듯했다.

'이건 사람이 할 수 있는 일이 아니다.'

그랬다. 중환자실 간호사 입사 하루 만에 그런 생각이 들었다. 황량하게 펼쳐진 중환자실 풍경은 여태껏 보지 못했던 삶과 죽음이 공존하고 있었다. 환자들은 삶과 죽음 그 사이 어디쯤에 위태롭게 서 있었고 그 낯선 풍경에 나는 얼이 빠진 채 서있었다. 생사를 가르는 곳에서 반드시 무언가 할 수 있는 일이 있을 것이라는 당찬 포부로 중환자실 행을 선택했다. 그런 애송이 간호사가 얼마나 가소로웠을지 말없이 빙긋 웃기만 하던 간호 부장님의 얼굴이 자꾸 떠올랐다.

'이 일은 정말 사람이 할 수 있는 일이 아니구나.'

처음 12시간 넘는 밤 근무 후 집으로 돌아가는 버스 안에서 내 자신이 너무나 한심해 터진 눈물을 닦으며 그렇게 생각했다. 12시간 동안 한 번도 자리에 앉은 적이 없었다. 환자들 사이를 걸어 다닌 적도 없었다. 손마디 하나하나가 쉴 틈도 없이 부산히 움직였고 종종거리며 뛰어다녔다. 물 한 모금 마실 시간도, 먹고 하라며 선배가 건네주는 귤 한 쪽도 까서 입에 넣을 시간조차 없었다. 화장실도 될 수 있으면 참았다. 하지만 생각만큼 일은 늘지 않았다. 12시간을 쉬지 않고 일해도 못한 일들이 있을 수 있다는 사실을 처음 알았다.

'과연 나도 저렇게 될 수 있을까?'

한참 모자란 나와는 달리 무슨 일이든 거침없이 해내는 '원더우먼' 같은 선배 간호사들이 중환자실에는 가득했다. 그들은 환자의 얼굴과 몸짓, 모니터만 보고도 미리 환자에게 생길 일을 예측해냈고 심정지 환자에게는 능숙하게 심폐소생술을 진행했으며 모든 고위험 시술에 한 치의 오차도 허용하지 않는 현란한 몸짓을 보여주었다. 점점 주눅이 들기 시작했다. 하루 한 명의 환자를 시작으로 내게 맡겨진 환자는 점점 늘어갔다. 어느 순간 환자의 심폐소생술이 긴박하게 돌아가고 있었다. 내 환자였다. 환자의 심장이 갑자기 멈추었고 숨이 멎었다. 모니터에서는 연신 알람이 울려댔고 파랗게 변해가는 환자의 얼굴에 나는 그만 얼어붙어 아무것도 할 수 없었다.

"야, 뭐해? 니 환자잖아!!"

달려온 선배들은 기관 내 삽관을 준비하고 주치의를 불렀다. 또 다른 선배 하나가 멍하게 서 있는 나를 대신해 환자의 가슴 위로 뛰어올라 심장을 힘껏 누르며 소리쳤다.

"뭐해! 에피네프린 하나, 빨리!!!"

주사기로 약을 재는 내 손이 떨고 있었다. 선배들의 발 빠른 대처 덕분에 환자는 무사히 고비를 넘겼지만 나는 선배에게 심한 질책을 들어야 했다.

"넌 대체 뭐하는 거야!! 네 환자 하마터면 잃을 뻔했잖아!"

"죄송합니다."

"목숨이 달린 일이야. 알겠어?"

자책감이 밀려왔다. 그랬다. 그 환자는 하마터면 죽을 뻔했다. 서투르고 겁에 질린 나 때문에.

한껏 움츠러든 내 모습이 안쓰러웠는지 선배의 격앙된 목소리가 조금 누그러졌다.

"4분이면 죽는 거야, 뇌는. 그러면 살아난다 해도 평생 누워서만 지내야 돼. 환자의 심장이 멎을 때마다 담당 간호사가 얼어붙어서 시간을 지체할수록 환자는 그렇게 되는 거야. 뭘 해야 할지 모르겠으면 우선은 무조건 달라붙어. 달려들라고. 너와 네 환자 사이가 가까울수록 네 환자는 살아날 확률이 더 높아지는 거니까."

그 후로 나는 심폐소생술이 시작되면 무조건 환자에게 달라붙었다. 당황해서 할 일이 떠오르지 않아도 몸으로 먼저 달려들었다. 선배의 말이 옳았다. 멈춘 심장을 누를 때마다 간절히 그가 돌아오기를 바라는 마음이 생겼고 그를 살리기 위해 뭘 해야 할지가 떠오르기 시작했다. 그러자 일은 빠르고 자연스럽게 내 몸으로 배어 들어갔다. 정말 가까이 있어야 그 환자를 살릴 수 있었다. 그건 몸뿐만 아니라 마음도 그랬다.

환자의 밥을 먹은
간호사

입사한 지 1년이 넘어가자 내게도 신규 간호사 교육이 맡겨졌다. 그건 이제부터 내가 내 환자들을 돌보는 것뿐만 아니라 아무것도 모르는 한 신규 간호사를 그림자처럼 데리고 다니면서 잠시도 쉬지 않고 처음부터 하나하나 가르쳐야 한다는 소리였다. 아침 식사 시간이 되자 거동이 불편한 한 노인 환자의 식사를 신규 간호사에게 도와주도록 지시한 다음 나는 식사 시간이 끝나고 바로 환자들에게 투약할 주사들을 하나하나 준비해 분주히 투약 카트로 옮겼다. 그때 신규 간호사의 기어들어가는 듯한 목소리가 뒤에서 들려왔다.

"선생님, 저…… 식사 하나 지금 다시 불러도 될까요?"

"왜? 환자 식사가 안 왔어?"

뒤를 돌아볼 여력도 없어 나는 하던 일을 계속하며 말을 이어갔다.

"아니 그게⋯⋯."

"뭔데 그래?"

"실은⋯⋯ 제가 한 숟가락 먹었어요."

"뭐?"

분주히 움직이던 손이 순간 벼락이라도 맞은 듯 멈추었다. 난 고개를 돌려 신규 간호사를 쳐다봤다. 얼굴이 빨갛게 상기되어 있었다. 처음 듣는 말이어서 당황스럽기는 나도 마찬가지였다.

"네가. 그러니까. 환자 밥을. 먹었다고? 정말?"

"네. 저도 모르게 그만⋯⋯. 밥을 떴는데 갑자기 손이 제 입으로 와서. 한 숟가락을⋯⋯."

뭐라고 말해야 할지 막막해 곰곰이 생각하다 갑자기 피식 웃음이 터져 나왔다. 노인 환자의 식사를 도와주던 한 앳된 신규 간호사가 입을 벌린 채 기다리고 있는 노인이 아니라 자기 입으로 밥 뜬 숟가락을 가져가는 모습이 순간 눈앞에 그려졌다. 제 입에 넣는 순간 '아차' 하며 당황했을 그 아이와 노인의 얼굴이 생생히 떠올랐다. 한동안 터진 웃음을 참지 못했다.

"저…… 제가……. 제가 실수로 먹은 밥값은 따로 계산하겠습니다. 대체 제가 왜 그랬는지……. 저 때문에 할머니가 식사를……. 그러니 선생님, 식사를 하나만 더 시켜주시면 안 될까요?"

그 아이는 어처구니없는 자신의 행동에 당황해하면서도 끝까지 스스로 어떻게든 해결해보려 노력하고 있었다. 내가 본 가장 신규 간호사다운 모습이었다. 가끔씩 순간의 실수를 모면하고자 거짓말을 하는 신규 간호사들이 있었다. 내 경험상 한 번의 거짓말로 끝나는 경우는 없었다. 3명이 한 몸처럼 움직여야 하는 3교대는 서로의 신뢰를 바탕으로 이루어져야 한다. 하지만 누군가 만약 환자의 처방이나 상태에 대해 거짓말을 한다면 그건 서로간의 믿음을 깨는 동시에 환자의 치료에도 엄청난 영향을 불러올 수 있는 일이었다. 나는 그 아이의 솔직한 태도가 우선 마음에 들었다.

"너, 지금까지 다른 사람에게 밥을 먹여본 적은 있니?"

"실은 한 번도 없습니다."

상기된 얼굴로 고개를 깊이 숙이고 있는 그 아이를 보니 내가 막 중환자실에 왔을 때가 생각났다. 주로 오전 근무를 하느라 일찍 집을 나서는 바람에 대부분 아침을 거르고 오는 날이 많았다. 처음에는 나 역시 환자에게 밥을 먹이는 것이 낯설었다. 배는 고프고 해야 할 일은 너무 많고 몸은 고달팠다. 그러다 보니 어떤 날은 맛있는 음식 냄새에 내가 뜬 숟가락이 환자의 입을 향하는 게 아니라 자꾸 배가 고픈 내 입을 향하려 했던 적도 솔직히 있었다. 여차하면 정말 내 입으로 들어갈 것 같아 밥 한 숟갈을 뜨는 데도 온 신경을 집중해야 했던 기억이 새롭게 떠올랐다.

나는 영양과에 전화해 평소 알고 있던 영양사에게 사정을 했다. 그녀는 고맙게도 별 말 없이 새 밥상 하나를 신속하게 다시 올려 주었다. 자기 자신을 계속 자책하면서도 자기 때문에 환자가 굶는 건 아닌지 걱정하던 그 아이의 얼굴에 안도의 빛이 돌았다. 나는 기존의 밥상을 신규 간호사에게 주고 새 밥상을 환자의 식탁 위에 올려놓았다.

"아침밥은 먹고 왔어?"

먹었을 리가 없다. 그 아이는 새벽 5시에 집을 나섰다고 했으니까. 내 물음에 아이는 한참 눈을 끔뻑거리더니 고개를 저었다.

"그럼, 이거 저기 가서 먹고 와. 네가 먹던 거니까."

"아…… 아닙니다."

"안 그러면 버려야 해."

아이는 내가 화가 난 줄 알고 당황하고 있었다. 다시 그 아이의 귓불이 빨개지기 시작했다.

"다음부터 아침밥은 꼭 먹고 오도록 해. 배가 고플 때 내 숟가락은 원래 나를 향하지 남을 향하는 게 아니니까. 뭐해? 얼른 가서 먹고 오라니까. 이따 할 일이 많아."

아이는 자기가 한 술 떠먹은 밥상을 들고 조용히 사라졌다. 그 아이의 행동은 어쩌면 지극히 정상일지도 모른다. 내가 든 숟가락이 내 입을 향하지 누구의 입을 향하겠는가.

자신이 든 수저가 자연스럽게 환자에게 향하는 날, 그 아이가 정말 좋은 간호사가 될 수 있을 것이라는 확신이 들었다. 그 아이가 밥을 먹으러 간 사이 나는 숟가락으로 밥을 한 술 먹음직스럽게 떠서 젓가락으로 노인 환자가 좋아할 법한 생선구이를 얹어 환자의 입으로 조심스럽게 가져갔다. 한입 가득 받아 문 환자의 얼굴에 만족스런 미소가 번졌다.

계속 간호사로
살아도 될까?

인터넷에서 여성 혐오를 줄여 쓴 '여혐'에 관련된 기사들이 쏟아져 나왔다. 대부분 범죄 기사였고 기사 아래 달린 댓글에는 어김없이 '김치녀'나 '된장녀' 등등 여성을 비하하는 말들이 채워졌다. 미국의 어느 여자 배우는 같은 주인공임에도 여자 배우가 남자 배우들보다 훨씬 낮은 영화 출연료를 받고 있다는 사실에 분통을 터뜨렸고, 30년 가까이 할리우드를 주름잡았던 한 영화 제작자에게 끊임없이 성폭력을 당해온 또 다른 여자 배우들이 용기를 내 '나도 당했다'는 뜻의 'Me Too' 캠페인을 벌였다. 한국이든 외국이든 여성으로 살아가기 힘든 세상이다. 마치 병원에서 간호사로 살아가기 힘든 것처럼.

　　　　　　　　　　　*

　3교대 중 아침 근무가 시작되었다. 새벽 공기를 맡으며 서둘러 출근길에 올랐다. 출근하자마자 응급 상황에 필요한 물품들이 제대로 갖추어져 있는지 응급 카트를 열어 수십 가지가 넘는 용품들과 약품들을 꼼꼼히 체크했다. 심폐소생술에 사용될 강심제의 개수를 세며 유효 기간을 확인했고 기관 내 삽관을 위해 환자의 입안으로 들어가게 될 삽관경에 불이 제대로 들어오는지 확인했다. 환자에게 숨을 불어넣어줄 앰부백이 잘 작동하는지 직접 손으로 짜보았고 신생아부터 노인까지 사이즈에 맞게 기관 내 관들이 빠짐없이 있는지 확인한 후에는 심장 세동을 교정해줄 전기 충격기가 제대로 작동하는지 시험했다. 최대 전력인 200줄까지 올렸다가 허공에 대고 직접 눌러 전기를 방출시켰다. 응급 시에는 기계만 들고 뛰어야 했기에 충전이 완전히 되었는지 배터리도 점검했다. 하나라도 없거나 작동이 되지 않으면 환자들의 생명이 위험해지는 장비들이었다. 다른 간호사들도 각자 수십 개의 약품과 수백 개에 이르는 의료용품, 고가의 의료기기까지 숫자가 맞는지 맞춰보느라 부산했다. '관리'라는 이름 아래 하나라도 없어지면 고스란히 간호사들이 물어내야 할 물건들이었다.

　환자들의 정보를 교환하는 인수인계 시간이 오기 전에 내게 맡겨질 환자들을 한 명 한 명 둘러보았다. 가래가 가득 차서 숨소리가 거칠어진 한 환자의 가래를 서둘러 뽑았다. 돌아오는 대답이 없을 것을 알면서도 환자의 두 눈에 고인 눈물을 닦아주며 "잘 참았어요"라고 말을 건넸다. 수액들이 정해진 양에 맞게 떨어지는지 확인하며 주사 부위가 혹시 붓지는 않았는지 축 처진 팔다리들을 만져보거나 들여다보았다. 욕창이 생기지는 않았는지 몸을 돌려 보는데 어느 환자의 무릎 맞닿은 자리가 빨갛게 눌려 있었다. 무릎 사이에 베개를 대어주고 눌린 자리를 한참 주물러주었다.

환자들을 둘러보고 난 후에는 밤 근무번이 받은 처방이 정확한지 다시 한번 꼼꼼히 체크하고 확인이 필요한 부분을 따로 메모해 두었다. 환자들의 경과를 기록한 간호 기록들을 읽어 내려가는 마음이 조금씩 급해지고 있었다. 내가 맡은 환자들에게는 각기 다른 다양한 약물들이 처방되었는데 주사약과 경구용 약을 투약하기 전 미리 준비를 해놔야 긴 인수인계 후 제시간에 투약할 수 있었다. 준비하는 손끝이 점점 더 빨라지고 있었다. 인수인계 후 환자들에게 가려는데 갑자기 수간호사 선생님이 전체 간호사들을 불러 모아 병원에서 내려온 지침들을 읽어주셨다.

"병원의 수익 창출을 위해 모든 간호사는 아이디어를 한 건 이상 낼 것."

간호사들이 서로의 얼굴을 쳐다보기 시작했다. 막막해하는 기색이 역력했다. 나 역시 내 환자가 편안함을 느끼는 자세를 찾아주는 일에는 능숙했지만 병원에 돈을 벌어다 줄 방법은 알지 못했다. 막막했지만 그래도 병원을 위한 일이니 나중에 근무가 끝나면 인터넷이나 책을 한번 찾아봐야겠다는 생각으로 환자들에게 돌아갔다.

환자 중 한 명은 보이지 않는 곳에서 출혈이 지속되고 있었다. 1시간마다 적혈구 수치 확인을 위한 혈액 검사가 나갔다. 없는 혈관을 힘들게 찾아 10분 전에 내보낸 마지막 검사 결과가 아직 나오지 않자 회진 온 교수의 얼굴이 굳어 있었다. 그런 교수의 눈치를 보며 주치의가 재촉하는 바람에 이제 막 시작한 환자들의 투약을 멈추고 검사실에 빨리 결과를 알려달라고 부탁하는 전화를 걸었다.

"지들만 바쁜가."

전화기를 내려놓을 때 내내 퉁명스럽게 대답하던 검사실 직원의 마지막 말이 전화기 너머에서 들려왔다. 마음 상할 시간도 없이 잠시 멈췄던 투약을 서둘러 모두 마치고 이번엔 아침 일찍 나간 내 환자들의 혈액 검사 결과를 확인해 교정이 시급한 환자들을 체크했다. 심장에 영향을 주는 전해질인 나트

륨과 칼륨의 수치가 정상 범위를 벗어난 환자들의 이름을 메모했고 백혈구와 적혈구, 혈소판 수치를 확인해 격리가 필요한 환자와 수혈이 필요한 환자들을 가려냈다. 동맥에서 뽑아낸 산소와 이산화탄소 수치를 분석해 인공호흡기도 조금씩 조절해주어야 했다. 일일이 다른 주치의들에게 필요한 처방을 내리도록 알리는 전화를 걸었다. 주치의들이 뒤늦게 내는 추가 처방은 생각 외로 많았다. 환자들이 조금이라도 좋아지려면 더 바쁘게 뛰어다녀야 했다.

*

추가 처방된 약들을 투약하기 위해 다시 무거운 투약 카트를 미는 순간, 어느 환자의 심폐소생술이 시작되었다. 마음이 급해진 또 다른 주치의가 입으로 끊임없이 처방을 내렸다. 환자를 살리기 위해서는 주치의의 입보다 더 빠르게 움직여야 했다. 주치의는 말로만 무언가를 해달라고 할 뿐 처방을 컴퓨터에 입력하지 않았고, 처방이 입력되지 않자 당장 환자에게 들어가야 할 약도 약국에서 보내주지 않았다. 주치의가 중심정맥을 잡을 수 있게 의료 기구 세트를 준비해 오염되지 않도록 조심히 열어 소독약과 식염수, 거즈를 세트 안에 넣어주었다. 귀찮다며 안 입겠다고 했지만 환자 감염 예방을 위해 주치의를 달래 억지로 소독 가운을 입혔다.

　중심정맥을 잡는 사이 정확히 3분마다 알람을 설정한 강심제를 투여하고 앰부를 짜고 심장 마사지를 하면서도 환자에게 들어가야 할 약이 아직 들어가지 못했다는 생각에 마음이 조급해지고 있었다. 1시간마다 혈액 검사를 하던 다른 환자에게는 마침내 수혈이 결정되었다. 심폐소생술을 하는 환자와는 다른 과科인 한 주치의는 심폐소생술 중인 것을 뻔히 보면서도 자기 환자의 급한 수혈을 닦달해댔다. 심장 마사지를 인턴에게 넘기고 빨리 혈액이 준비되도록 또다시 검사실에 부탁 전화를 한 뒤 혈액을 가지러 검사실로 뛰어 내려갔다. 발을 동동 구르는 나와 달리 검사실 직원은 한참 만에야 혈액을 내줬다. 환자에게 맞는 혈액형인지 다시 확인한 뒤 아이스박스에 담다가 한 명뿐인 보조원이 다른 환자의 검사를 위해 자리를 비웠다는 사실을 떠올렸다.

　주치의가 처방을 입력하지는 않았지만 심폐소생술 중인 환자에게 꼭 들어가야 할 약품을 가지러 약국에 들렀다. 처방도 없이 애걸복걸하며 약을 달라고 매달리는 내게 마지못해 고가의 약품을 내주던 약사는 오늘 중으로 반드시 의사의 처방을 입력받으라는 말과 함께 내게 차용증과 같은 '빌림증'을 직접 손으로 쓰게 했다.

우여곡절 끝에 내 환자에게 필요한 약이 들어갔고 긴 심폐소생술 중 멈춰 있던 심장이 다시 뛰기 시작했다. 급히 중심정맥을 잡느라 여기저기 환자 몸에 튄 핏방울과 소독약을 씻어내면서 주치의에게 곧바로 약품을 처방해달라고 부탁했지만 주치의는 아무런 대답도 않고 그대로 나가버렸다.

급히 수혈을 해야 할 다른 환자의 혈관은 찾을 수 없었다. 다른 주치의는 전화로 보고받을 땐 중심정맥을 잡겠다고 했지만 조금 전 수혈을 닦달하던 모습과는 달리 아직까지 중환자실에 나타나지 않고 있었다. 심폐소생술 때문에 추가 처방된 약들도 아직 다른 환자들에게 들어가지 못하고 있었다. 그 사이 수혈이 필요한 환자의 얼굴은 점점 더 창백해지고 의식이 처지고 있었다. 마음이 급해졌다. 어떻게든 수혈부터 빨리 시작해야 했다. 환자의 양팔과 양다리의 해부도를 떠올려 혈관의 분포도를 되짚어봤다. 여전히 혈관은 육안으로 보이지 않았지만 어떻게든 빨리 혈관을 찾아야 했다. 20여 분의 시간이 지난 후에야 어렵게 혈관 하나를 찾을 수 있었고 마침내 수혈이 시작되었다.

"아직도 처방을 입력 안 하면 어떡해요? 그 약 재고가 안 맞으면 저희도 퇴근 못 해요!"

"주치의가 아직 처방을⋯⋯."

"아무튼, 선생님 이름으로 '빌림증' 쓰신 거 아시죠? 오늘 중으로 선생님이 직접 해결하세요!!"

조금 전 빌린 약품 처방을 독촉하는 약국에서 걸려온 전화에 쩔쩔매고 있을 때였다.

"여기 정수기에는 물컵이 없나?"

물을 마시려다 중환자실에 비치된 정수기에 일회용 컵이 다 떨어져 있는 것을 본 어느 연로한 교수가 나를 불렀다. 빨리 처방을 받겠다며 서둘러 전화를 끊고 이번엔 창고에서 일회용 종이컵을 찾아야 했다. 서둘러 정수기에 일회용 컵을 채우고 있는데 조금 전에 사용한 의료 기구를 정리하던 보조원이 의료용 가위 하나가 없어졌다고 알려왔다. 심폐소생술 중 중심정맥을 잡기 위해 사용한 세트 속에 포함된 가위였다. 가위 하나가 없어졌다는 말에 모든 간호사들이 하던 일들을 일제히 멈추고 피로 얼룩진 20개가 넘는 폐기물 박스들에 손을 집어넣어 찾기 시작했다. 장갑을 낀 손이 피범벅이 되도록 샅샅이 뒤졌지만 가위는 끝내 찾을 수 없었다. 시술을 위한 많은 세트속의 물품이 하나라도 모자라면 소독을 받아주지 않았고 그러면 시술을 할 수 없었다. 결국 어쩔 수 없이 같이 근무하던 간호사들끼리 사비를 걷어 의료용 가위를 구입하기로 하고 밀린 투약을 위해 다시 주사기를 집어 들었다.

정수기에 일회용 컵을 채우고 있는데
조금 전에 사용한 의료 기구를 정리하던 보조원이
의료용 가위 하나가 없어졌다고 알려왔다.
가위 하나가 없어졌다는 말에
모든 간호사들이 하던 일들을 일제히 멈추고
피로 얼룩진 20개가 넘는 폐기물 박스들에
손을 집어넣어 찾기 시작했다.
장갑을 낀 손이 피범벅이 되도록 샅샅이 뒤졌지만
가위는 끝내 찾을 수 없었다. 결국 어쩔 수 없이
같이 근무하던 간호사들끼리 사비를 걷어
의료용 가위를 구입하기로 하고
밀린 투약을 위해 다시 주사기를 집어 들었다.

중환자들의 점심시간. 의식이 없는 환자들에게 연결된 위관이 위에 제대로 들어가 있는지 주사기로 공기를 조금 넣고 청진기를 통해 '꼬르륵' 소리를 확인한 후 투석식부터 당뇨식까지 각자에 맞는 유동식을 위관에 연결해주었다. 코로 들어가 위로 연결된 위관이 빠져나온 환자가 있어서 새로운 위관을 준비해두고 인턴에게 전화를 걸었지만 받지 않았다. 환자를 굶기지 않기 위해서는 직접 넣어주어야 했다. 알약을 삼킬수 없는 환자들을 위해 먹일 약들을 가루로 곱게 갈아두었고 의식이 있는 환자들에게는 치료 식사가 제대로 왔는지 확인해 식사를 할 수 있도록 침대를 세워 앉혀주었다. 반신마비 뇌경색 환자는 밥부터 국, 반찬으로 나온 생선을 손으로 발라 일일이 떠먹여주어야 했고 밥을 먹이면서도 자꾸 한쪽으로 비뚤어지는 자세를 계속 바로잡아주어야 했다.

곧 보호자들의 면회 시간이 시작되었다. 한 건장한 남자 보호자는 입원 후 주치의에게 제대로 된 설명 한 번 못 들었다며 단단히 벼르고 있었다. 그는 당장이라도 중환자실을 엎어버릴 것 같은 분노로 가득 차 있었고 당장 주치의를 찾아내라고 닦달하는 목소리는 점점 날카로워졌다.

환자에게 밥을 먹이다 말고 일어나 당장 주치의와 보호자를 연결시켜주려 했지만 주치의는 전화를 받지 않았다. 바로 옆 보호자의 숨소리는 점점 더 거칠어지고 있었고 주치의가 전화를 받지 않자 내 발은 저절로 동동 구르고 있었다.

몇 번의 시도 끝에 드디어 연결된 통화.

"지금 수술 들어가야 해서 면담 못 해요."

보호자에게 직접 설명하면 좋으련만 몇 번의 시도 끝에 겨우 연결된 전화기 속 주치의는 이 한마디만 뱉어놓고 일방적으로 전화를 끊어버렸다. 주치의가 급한 수술 중임을 알리고 오후 면회 시간에는 꼭 면담을 할 수 있도록 하겠다고 보호자를 달랬지만 분이 가라앉지 않은 그는 오히려 간호사들에게 입에 담지 못할 욕설을 퍼붓기 시작했다. 그의 입에서 거친 욕설이 터지자 다른 보호자들의 수많은 눈길이 순식간에 날아와 얼굴에 꽂혔다. 고개를 들 수 없었다.

오후 근무번이 출근하자 서둘러 I/O Input & Output를 체크했다. 환자의 현재 몸 상태와 앞으로의 치료 방향을 잡아줄 기초 자료가 될 I/O를 위해 내가 근무하는 동안 환자들 몸에 들어간 모든 수혈량과 수액량, 식사량과 위관을 통해 넣어준 물의 양을 정확히 기록했고, 환자들 몸에서 나간 대변과 소변량을 합하고 구토를 포함한 출혈량과 여러 개의 관으로 배액되는 양과 색깔 등을 꼼꼼히 기록했다. 침대 옆에 여러 개 달린 전자 수액 조절기의 눈금을 다시 '0'으로 맞춰 놓고 I/O 결과를 분석해 다음 근무번이 정확히 줘야 할 양들을 계산해두었다. 1시간마다 넣어야 하는 간호 기록에는 관찰한 환자들의 동공반사 및 의식 상태, 혈압을 포함한 활력징후Vital Signs의 변화, 환자의 움직임과 감각들, 수술 부위의 양상과 피부색 변화 등을 하나하나 기록했다. 이상이 있는 환자에게 어떤 검사를 하고 어떤 약을 주었는지도 꼼꼼히 기록에 넣었다.

　인수인계를 마치자마자 또다시 마음이 급해졌다. 다음 주에는 각 부서 환경미화 심사가 기다리고 있었다. 한 간호사당 두 개의 침대가 할당되었다. 근무 후 남아서라도 어떻게든 자기에게 할당된 청소를 다 해내야 했다. 수간호사 선생님은 의자 위에 올라 까치발을 하고 세탁실로 내려보낼 커튼을 떼어내고 있었다. 나도 고무장갑을 끼고 쪼그려 앉아 나에게 할당된 낡은 침대를 수세미로 박박 닦았다. 하지만 내심 비어 있는 침대를 닦는 다른 간호사들이 부러웠다. 내가 닦고 있는 침대 위에는 의식이 멀쩡한 내 환자가 누워 있었던 것이다. 그는 침대에 앉아 자신의 발밑에서 쪼그려 앉아 침대를 닦고 있는 나를 빼꼼 내려다보았다. 그의 눈에 잠시 안쓰러움이 스치는가 싶더니 어느덧 표정은 조소를 머금고 있었다. 얼굴이 점점 빨개지기 시작했다. 차마 고개를 들어 그를 쳐다볼 용기가 나지 않았다. 침대를 닦은 뒤 이제는 벽을 닦을 차례였다. 그때 갑자기 모든 간호사들에게 지금 바로 강당에 모이라는 공지가 내려왔다. 퇴근 시간이 막 넘어가던 시간이었다.

강당에서는 어느 교수의 건강 강좌가 진행되고 있었다. 환자와 보호자를 위해 마련한 강좌였지만 예상보다 사람들이 오지 않아서 그 빈 자리를 간호사들이 대신 채워야 했다. 나와 마찬가지로 고된 일과를 보내고 피로에 찌든 간호사들의 얼굴이 무겁게 가라앉아 있었다. 강좌가 시작되자 이내 여기저기에서 고개를 떨어뜨리는 모습들이 눈에 들어오기 시작했다. 그렇게 가녀리고 작은 어깨들이 서글프게 무너지고 있었다. 그날도 다른 날처럼 10시간 넘게 병원에 머무르고 나서야 겨우 퇴근을 할 수 있었다.

*

대학원 실습을 나갔던 병원에서 한때 같이 일했던 수간호사 선생님을 만났다. 반가워서 어쩔 줄 몰라 하던 선생님은 저녁 6시쯤 같이 저녁을 먹자고 하셨다. 실습이 끝나는 시간과 얼추 맞아 그러겠노라고 대답했다. 선생님과 나는 띠동갑이었다. 약속한 6시가 다가오자 선생님은 나를 병원 후문으로 불렀다. 왜 정문이 아닌 후문에서 보자고 하시는지 의아해하면서도 인적 드문 후문 앞에 서서 한참 선생님을 기다렸다.

선생님은 혼자 타고 내려온 엘리베이터 문이 열리자마자 나에게 달려와 갑자기 손을 낚아채더니 뒤도 안 돌아보고 병원 밖으로 무작정 뛰기 시작했다. 영문도 모른 채 끌려간 나는 병원이 보이지 않는 곳에서야 겨우 멈춰 설 수 있었다. 선생님은 아침 7시에 출근해서 저녁 6시에 퇴근하는 것도 빨리 퇴근하는 거라고 하셨다. 병원에 오래 머물면 머물수록 유능한 수간호사라는 이상한 논리가 있다. 다른 수간호사들은 아직 병원에 남아 있는데 6시에 퇴근하다 다른 사람들 눈에 띄면 괜한 소리를 듣게 될까 봐 걱정하던 선생님의 얼굴에도 어느덧 검은 피로가 켜켜이 쌓여 있었다.

문득 띠동갑의 나이가 떠오르자 50대 중반이 넘은 어느 먼 훗날, 풀지 못한 피로가 가득 쌓인 얼굴을 빼꼼 내밀고 한참 두리번거리다 병원 후문을 향해 달려나가는 내 모습이 순식간에 그려졌다.

그때 처음으로, 어쩌면 병원에서 끝까지 간호사로 남아 있지 못할 것 같다는 예감이 들었다.

때론 간호사에게도
돌봄이 필요하다

S병원 입사시험에서 낙방한 뒤 내가 갈 수 있는 대학병원은 몇 개 남아 있지 않았다. 또다시 원서를 넣은 곳은 그다지 알려지지 않은 어느 지방 대학병원이었다. 1차 서류전형에 합격했다는 소식이 들려왔다. 실기는 없었고 대신 면접시험을 길게 본다는 말을 들었다. 면접시험을 치르기 위해 묻고 물어 병원 대기실에 늦지 않게 들어섰다. 이번에는 나 혼자였다. 주변에는 면접시험을 대기하고 있는 많은 간호사들이 있었고 모르는 사람들 사이로 많은 이야기들이 들려왔다.

"면접관이 혹시 노조에 대해 물으면 절대 가입하지 않겠다고 해야 한대."

그때까지 나는 노조가 뭔지도 몰랐다. 가끔 TV를 통해 보았던 병원에서 농성을 벌이던 간호사들이 떠올랐다. 만약 그걸 말한 거라면 나도 반대였다. 간호사는 오로지 환자만을 돌보는 사람이라 생각했다. 환자를 볼모로 자신의 이익을 추구하겠다는 생각은 결코 간호사가 할 생각이 아니었다. 간호사는 절대 이기적이면 안 되는 직업이었다. 나도 그런 노조라면 관심이 없었고 면접 자리에서 나에게 물어봤다고 해도(결국 묻지 않았지만) 나는 내 이익보다는 돌봐야 하는 환자가 우선이라고 대답했을 것이다.

하지만 그게 아니었다. 간호사라는 직업은 제대로 된 돌봄을 받아야만 받은 돌봄을 그대로 환자에게 베풀 수 있는 직업이었다. 그 누구의 보호도, 돌봄도 받지 못한 채 내 환자들에게 무한한 돌봄을 베푼다는 것은 시간이 지날수록 나의 영혼을 갉아먹는 일이었다. 밝은 척, 괜찮은 척, 내 환자들에게 미소 짓고 그들의 손을 놓지 않으려 했지만 그럴수록 나 자신은 속으로 무너져 내리고 있었다.

그걸 아주 오랜 시간이 지난 후에야 깨달을 수 있었다. 병원에서 나에게 맡겨진 환자만을 위해 오로지 최선을 다하면 된다는 내 생각은 틀렸다. 간호사가 하는 모든 일들은 행위 하나하나가 돈이 되는 의사와 달리 환자의 입원료 안에 모두 속해 있었다. 간호사인 내가 가장 먼저 심정지를 발견하고 환자의 몸 위로 뛰어 올라 빠른 심장 마사지를 시작해 다시 살려내도, 위험에 빠진 환자를 살리려고 처방권을 가진 주치의를 찾아 발을 동동 구르며 의국까지 쫓아가 잠이 덜 깬 의사를 환자 앞에 데려다 앉혀놓아도, 응급 상황을 대비해 환자의 목숨이 달린 모든 물품들과 의료기기들을 아무리 꼼꼼히 체크한다고 해도, 주치의가 환자에게 고위험 시술을 완벽히 할 수 있도록 기구들을 빠짐없이 준비하고 정확히 어시스트를 한다고 해도, 행여 초라해 보일까 사망한 내 환자들의 마지막 면도를 해주고, 마지막 모습에 흠이라도 될까 안절부절못하며 터진 항문에 고개를 들이밀어 그 사이로 흘러나오는 대변을 수십 번씩 씻어준다 해도, 내가 한 모든 일은 단지 입원료라는 이름으로 뭉뚱그려진 채 그 안에 들어가 있었다.

병원에서 돈이 되지 못하면 간호사가 환자에게 행하는 그 어떤 일도 관심을 받지 못했다. '돈이 되지 않는' 간호사들은 점점 천덕꾸러기가 되어가면서 근무시간을 넘기는 것 정도는 당연히 여기게 됐고, 근무가 끝나면 청소 용역비용을 메울 미화원이 되어야 했다. 내가 돌보는 환자의 침대 밑에서 고개를 조아린 채 쪼그려 앉아 수세미로 침대를 닦아내던 나를, 그 누가 자신들을 돌보는 간호사로 봐줄까.

메르스 이후 뜻하지 않게 이름이 알려지고 나서 많은 곳에 불려 다녔다. 내가 일하던 병원이 자랑스러웠고 개원한 지 얼마 안 되는 병원을 위해서라면 불러주는 대로 근무 전이든 근무 후든 어디든 찾아다녔다. 어느 유명 배우를 만나는 행사 때는 오후 근무였다. 아침 6시에 일어나 혼자 운전을 해서 서울의 한 호텔을 찾았다. 준비해간 병원 유니폼으로 갈아입고 100여 명에 이르는 취재진들 앞에 섰다. 기자들은 병원 유니폼을 입고 배우와 찍은 내 사진과 내가 일하는 병원 이름을 실시간으로 인터넷에 올렸다. 행사가 끝나고 병원으로 바로 돌아와 2시부터 10시까지 근무에 들어갔다. 잠을 못 자 멍한 정신에 행여 실수라도 할까 봐 내내 긴장을 늦출 수 없었던 날이었다.

야구 올스타전에 초대받았을 때는 아침 근무가 끝나고 참석했다. 7시에 출근해 오후 4시까지 병원에서 일한 뒤 비 내리는 토요일에 버스를 두 번 갈아타고 야구장을 찾아갔다. 생방송이라 치밀한 리허설이 이루어졌고 이번에도 내 이름 옆에는 병원 이름이 따라붙었다. 의료진을 믿어준 사람들에게 고마운 마음을 전하고 물에 젖은 솜덩이 같은 몸을 이끈 채 또다시 버스를 두 번 갈아타고 집으로 돌아왔을 때는 밤 10시가 훌쩍 넘어가고 있었다. 다음 날도 아침 근무였던 나는, 결국 감기에 걸리고 말았다.

신문에 꼬박꼬박 칼럼을 쓰면서 병원의 위상을 높여준 것에 반색한 병원 재단의 한 고위 관리자는 나에게 승진을 제안했다. 나는 승진보다 열악한 간호사들의 처우에 대해 건의했다. 모두 내가 직접 경험한 일들이었다. 나는 소중한 내 환자들을 만날 수 있게 간호사로 첫발을 내딛게 해준 병원을 정말 사랑했고 그곳이 좀 더 나은 곳이 되기를 원했다. 하지만 내가 겪은 일들과 함께 간호사들의 처우 개선을 요구하는 간곡한 부탁을 그는 더 이상 들으려 하지 않았고 마침내 굳은 표정으로 등을 돌렸다. 참을 수 없는 무력감이 밀려왔다. 아무리 병원의 위상을 높여주었어도 병원에게 나란 존재는 여전히 돈이 되지 않는 그저 흔한 한 명의 '간호사'일 뿐이었다.

가끔 숨구멍을 틀어막는 자괴감 정도는 삼킬 수 있었다. 최선을 다하면 다할수록 죽음을 앞둔 내 환자들은 나를 오롯이 믿어주었다. 그들만이 내가 병원에 남게 해주는 이유가 되었다. 내일은 조금 더 나아질 거라는 희망으로 20년 넘는 시간들을 중환자실에서 보냈지만 후배 간호사들도 나와 같은 전철을 밟아가고 있었다.

환자를 돌보다 사소한 오해로 격앙된 어느 보호자에게 멱살이 잡혀 끌려 나가던 간호사는 누구에게서도 보호받지 못했고, 5개월 된 배 속의 아이를 유산한 지 일주일밖에 안 된 간호사가 병원 수익 창출을 위한 발표 자료 때문에 수당도 없이 매일 10시간씩 일했다. 나 또한 너무나 미안했지만 그 부서에는 그 간호사만큼 발표 자료를 잘 만드는 간호사가 없었다. 간호사는 환자를 돌보는 사람이지만 발표 자료를 못 만드는 것도 병원에서는 죄가 되었다. 점점 더 병원에 남아 있을 자신이 없어졌다.

입사한 지 겨우 9개월 된 한 간호사의 얼굴이 유난히 하얗게 질려 있었다. 며칠 못 본 사이 야위어 있었고 눈에 띄게 말수도 줄어 있었다. 정수기 앞에서 조심스레 약을 입안에 털어 넣는 그 아이를 보았다.

"무슨 약이야?"

대수롭지 않게 물어본 한마디에 아이는 금세 얼어붙더니 한참 만에 갑자기 눈물을 쏟아내기 시작했다. 아이의 얼굴이 더 창백해 보였다.

"선생님…… 저 공황장애래요."

"뭐? 그걸 왜 이제야 말해? 그럼 더 쉬어야 하는 거 아니야?"

"제가 쉬면…… 누가 저 대신 일해요……. 모두 힘들잖아요."

한 간호사에게 5명의 중환자가 맡겨졌고 중환자실을 지원하는 간호사들이 줄어들자 중환자실은 점점 더 열악해졌다. 간호사가 된 지 겨우 9개월밖에 안 된 아이는 자신의 공황장애보다 자기 때문에 다른 간호사들이 힘들어지는 걸 더 걱정하고 있었다. 하지만 선배인 나조차 가여운 그 아이를 위해 해줄 수 있는 일이 없었다. 갑자기 나도 눈물이 나기 시작했다.

병원에서 돈이 되지 못하면
간호사가 환자에게 행하는 그 어떤 일도
관심을 받지 못했다.
돈이 되지 않는 간호사들은
점점 천덕꾸러기가 되어가면서
근무시간을 넘기는 것 정도는 당연히 여기게 됐고,
근무가 끝나면 청소 용역비용을 메울 미화원이 되어야 했다.
내가 돌보는 환자의 침대 밑에서
고개를 조아리고 쪼그려 앉아
수세미로 침대를 닦아내던 나를,
그 누가 자신들을 돌보는 간호사로 봐줄까.

간호사도
사람이다

"말도 마, 오늘도 아주 활활 탔어."

"왜 그렇게 태우고 난리야?"

신규 간호사 시절, 선배들의 대화는 알 수 없는 단어로 채워져 있었다.

'뭘 태웠다는 말이지? 어디 불이라도 났다는 말인가?'

'태운다'는 다소 과격한 단어는 내 귀를 쫑긋 세우게 만들었다. 짐작조차 안 되던 그 뜻이 '혼이 난다'는 말과 동격임을 한참 후에야 알 수 있었다.

언젠가 간호사의 문화에 대한 다큐멘터리를 흥미롭게 본적이 있었다. 그곳에도 간호사의 '태움'이라는 말이 자연스럽게 흘러나오고 있었다. 사람들은 간호사의 위계질서가 군대 같다느니 '태움 문화'가 간호사 이미지를 흐려놓는다는 등 다양한 의견을 쏟아냈다.

어느 직업이나 한 명의 결원이 생기면 한 명을 채워 원래의 인원수로 만든다. 거의 모든 병원에서 경력이 풍부한 간호사 한 명이 그만두면 그 수를 채우기 위해 다시 한 명의 간호사를 충원하는데, 그게 아무런 경험도 없는 신규 간호사라는 게 문제의 시작이다. 책으로만 공부하고 이제 막 간호사 면허증을 손에 쥔 신규 간호사는 직접 환자를 돌본 경험이 없다. 말하자면 신규 간호사가 처음부터 할 수 있는 일은 아무것도 없다. 적어도 3개월에서 6개월의 시간이 지나야 하는데 문제는 그 기간 동안 다른 간호사들이 제 역할을 못하는 한 명을 대신해 그 일들을 모두 해내야 하는 데 있다.

간호사 두세 명이 한꺼번에 그만두게 되면 상황은 더욱 심각하게 돌아간다. 간호사는 환자의 목숨을 붙들고 있어야 하는 직업이다. 직업의 특수성이 전혀 고려되지 않은 데서 문제는 이어진다. 나 역시 신규 간호사였을 때 한 사람의 경력 간호사 못지않은 일을 첫날부터 부여받았다. 가르쳐주는 선배 간호사가 있었지만 그 선배 역시 돌봐야 할 자신의 환자들이 있었다. 온 지 하루 만에 환자 한 명을 돌보기 시작했고 다음 날에는 두 명의 환자를 돌봐야 했다. 그 많은 일들을 신규 간호사인 내가 해내기엔 너무나 버거웠다.

의사는 보통 6년간의 공부를 마친 뒤 의사 면허증을 손에 쥐면 처음 '인턴'이라는 이름으로 병원에 발을 들인다. 1년의 인턴 생활은 그들에게 병원에 적응할 시간을 충분히 벌어주는 기간이다. 그들은 직접 환자를 치료하지 않는 대신 여러 과를 돌며 각 과에서 해야 할 일들과 갖가지 정보를 얻기도 하고 조금씩 환자를 경험한다. 그러다 익숙해질 때쯤 자신이 원하는 과에 지원해 전공의가 되어 4년을 보낸다. 그리고 전문의 자격을 갖게 되면 병원을 나가 뿔뿔이 흩어진다.

하지만 간호사에게 그런 적응기간 같은 건 절대 주어지지 않는다. 아직 경험 없는 신규 간호사의 조그만 실수가 얼마든지 환자의 목숨을 위태롭게 할 수 있다는 사실을 나는 경험에서 배웠다. 그 치명적인 실수를 또다시 반복하지 않기 위해서는 다른 간호사들이 대신 막아내야 했다. 기본적으로 해야 할 많은 일들에 또 다른 일이 더해지는 것이다. 한 명의 신규 간호사가 정식 간호사로 재탄생하기까지의 시간을 단축하는 방법은 좀 더 엄한 교육밖에 없는 현실이 되어버렸다. 다른 일도 아닌 사람의 목숨이 달린 일이었다.

"처음 기어 다니기 시작하면 걸으라는 채찍이 날아오고, 이제 걷기 시작하면 갑자기 뛰라며 재촉해 급히 뛰기 시작했더니 이제는 날아다니라고 한다"라는 어느 간호사의 한숨 섞인 우스갯소리를 들은 적이 있다. 이제는 '혼이 난다'는 가장 일반적인 말보다 다소 낯설고 과격한 "태운다"라는 말이 간호사들 사이에 일상화되었다. 그건 직업의 특수성을 외면한 채 '인원수만 채우면 해결된다'는 잘못된 발상이 만들어놓은 현실에서, 그럼에도 환자만은 꼭 지켜내야 하는 간호사들의 간절함에서 나온 말은 아니었을까?

간호사도 사람이다. 사람이니 한계가 있다. 그 한계는 사람의 목숨이 달린 일이다. 단지 혼내는 것만으로도 부족해 온몸을 불살라 '활활 태우는' 일만이 간호사가 환자의 목숨을 지키는 방법이라는 것을, 사람들은 알고 있는 걸까.

착한 간호사는
머물 수 없는 나라

잠시 중환자실을 떠나 내과병동에서 근무하던 시절, 치킨과 떡을 너무 좋아하는 후배 간호사 N을 만났다. 작고 통통한 몸집에 동그란 얼굴은 볼 때마다 항상 웃음을 머금고 있었다. 내과 병동 특성상 당뇨, 고혈압 등으로 지병을 오래 앓아온 고령의 노인 환자들이 많았음에도 어찌나 싹싹하고 살가운지 보기만 해도 좋은 기운이 뿜어져 나와 어둡던 주변의 공기를 미소로 가득 채우던 N.

점심도 못 먹고 뛰어다닌 어느 바쁜 하루였다. 컵라면이라도 먹으라고 내밀자 고개를 가로젓더니 친구 생일이라 약속이 있다고 했다. 묻지도 않았는데 치킨집에서 떡 케이크로 축하

할 거라며 행복한 미소를 짓던 N.

"그런 거 너무 좋아하다가는 너도 나이 들어 당뇨, 고혈압 온다."

"아마 그럴 것 같아요. 저희 할머니도 당뇨시거든요. 아빠도 그렇고요. 할머니는 40대에 앓기 시작하셨다는데 90세인데도 아직 정정하세요."

너무나 밝은 목소리에 갑자기 말문이 막혔다. N이 삼대가 같이 사는 화목한 집안의 막내였다는 걸 그때 알게 되었다. 싫은 소리도 N은 늘 웃으면서 들었다. 환자들이 불평을 하고 때로는 소리를 질러도 늘 먼저 다가가 등을 토닥거리며 환자들을 능숙하게 진정시키던 N은 나보다 어린 나이인데도 마치 세상 모든 이치에 통달한 것처럼 보였다. 찌푸리는 얼굴을 보인적이 없었고 우리끼리 있을 때도 힘들게 하는 환자들에 대해 불평불만을 늘어놓지 않았다.

"그럴 만한 사정이 있었겠지요." "많이 힘드셔서 그랬을 거예요."

그런 N의 변화를 느낀 건 N이 미국으로 떠나기 몇 개월 전이었다. 오전 회진 시간에 교수와 레지던트 한 무리가 간호사실로 찾아왔다. 교수는 격앙되어 있었다. 들어보니 한 환자가 밤새 통증이 심했는데 간호사들이 아무것도 안 해줬다고 환자가 교수에게 직접 이른 모양이었다.

"어젯밤 담당 간호사가 누구예요?"

아직 일이 마무리되지 않아 퇴근을 못하고 있던 N이 고개를 숙인 채 앞으로 나갔다.

"환자가 밤새 아팠다고 하던데 알고 있었어요?"

"네."

"그런데도 주치의에게 노티*도 안 했단 말이에요?"

그 순간 주치의와 N의 눈이 마주치자 주치의가 고개를 돌렸다.

"대체 정신이 있어요? 없어요? 아무것도 해주지 않을 거면 병원에 입원을 왜 시켜요?"

밤새 일해 축 늘어진 N의 어깨가 더 작아보였다. 한참을 씩씩대던 교수는 간호부에 알리겠다는 으름장을 놓고 다시 한 무리를 데리고 사라졌다. N의 조그만 입술이 떨리고 있었다.

"진짜 노티 안 한 거야?"

"했어요. 바로."

"했어? 그랬더니 주치의가 뭐래?"

"두 번 다 그냥 놔두랬어요."

---

* notification의 줄임말로 병원에서 사용하는 은어. '보고하다', '알리다'라는 뜻.

"두 번이나 노티를 했는데 그냥 놔두라고 했단 말이지?"

의사의 처방이 없으면 간호사가 독자적으로 투약을 할 수 없다. 의사는 전화로 노티를 받았지만 그걸 대수롭지 않게 여겼다. 아침에 투여될 약에서 진통제를 당겨서 쥐도 도저히 못 견디겠다는 환자를 위해 두 번째 노티를 하자 주치의는 오히려 역정을 냈다. 하지만 N은 그냥 놔둘 수가 없어 밤새 환자 상태를 살피느라 해야 할 많은 일들을 제 시간에 못 끝냈던 것이다.

"그런데 왜 교수님께 사실대로 말 안 했어?"

"그럼 주치의가 난처해지잖아요."

항상 자신보다는 남을 먼저 생각하는 N에게 답답함을 넘어 화가 나던 순간이었다. 그로부터 며칠 지난 오후, 출근해보니 탈의실에서 N이 홀로 울고 있었다. 그동안 꾹꾹 참아냈던 뜨거운 눈물이었다. 이번에는 레지던트 A 때문이었다. 레지던트 A는 N의 같은 대학교 2년 후배였다. 같이 활동했던 연극 동아리에서 N에게 늘 누나라고 부르며 따르던 듬직한 후배였다. 처음 A가 인턴으로 왔을 때 N은 뛸 듯이 기뻐했다. 그런데 A는 레지던트가 되면서 점점 권위적으로 변해갔다. 만나도 데면데면하게 되었고 N은 항상 그걸 아쉬워했다.

문제는 그날 오전에 터진 모양이었다. 외과 레지던트였던 A가 한 환자의 협진을 위해 병동을 방문했는데 상처 치료가 필요했던 모양이었다. 대부분의 간호사가 상처 치료에 필요한 물건을 준비해주고 같이 치료에 참여하지만 내과 병동에서 외과 치료를 하는 경우는 거의 없었기 때문에, 그리고 어쩌다 방문하는 다른 외과 레지던트들은 치료에 필요한 물건의 위치를 묻고 대개는 혼자 준비해 조용히 치료하고 돌아갔기 때문에 신경을 못 썼다고 했다. 더군다나 그날은 유난히 오전부터 퇴원하는 환자가 줄을 이었고 항암 치료를 받으려는 환자들이 한꺼번에 입원하던 정신없는 날이었다. 갑자기 A가 치료할 환자의 병실까지 왜 안내를 안 해주냐고, 자기를 따라와 치료 어시스트를 왜 안 하냐고 간호사들에게 소리를 질렀다.

"내가 지금 얼마나 바쁜지 알아!?"

건너편의 N을 향해 반말까지 해댔다. 자기 과 병동도 아니었다. 상식 없는 무례한 행동이었지만 N은 하던 일을 내려놓은 뒤 치료용 카트를 밀고 말없이 A의 뒤를 따라갔다. 드레싱 세트를 열어 거즈를 꺼내주었고 반창고를 하나하나 오려주었다. 간단한 상처 치료가 끝나자마자 A는 쌩하고 나갔다. N은 침대에 널브러진 피 묻은 거즈를 맨손으로 주워 담았고 오염된 드레싱 세트를 챙겼다. 그리고 혼자 무거운 카트를 밀고 제자리에 놓자마자 아무도 없는 탈의실로 달려와 그렇게 한참을 울었던 것이다.

몇 달 후 N은 미국행 비행기에 올랐다. 미국 유명 대학에 다니던 언니의 졸업식이 있는 달이었다. 미국에서 연구원으로 일하게 된 언니와 함께 살겠다고 했다. 그곳에서 다시 간호사를 하고 싶다고 했다. 간호사라는 직업을 너무나도 사랑했던 N의 선택을 만류할 수가 없었다. 시카고의 어느 병원에서 예전의 미소로 머리색이 다른 환자들을 돌보고 있을 N이 눈앞에 어른거렸다.

중환자실
이야기

병원이라고 과연 이해관계가 없었을까. 돌보던 내 환자가 생과 사를 오가는 긴박한 그 순간. 내가 간호사라서, 의사의 처방에 따라 움직여야 하는 간호사라서, 하지만 아무것도 않고 마냥 의사의 처방만 기다리다가는 소중한 내 환자를 죽음으로 몰아갈 것만 같아서, 때때로 돌발행동을 할 수밖에 없었던 중환자실에서의 20년. 그러면서 느낀 건 오직 내 환자만을 위하고 행동하면 결국엔 다 옳더라는 사실. 평범한 나도 아는데 어째서 이 나라를 이끌어간다는 사람들은 왜 그것을 모르는가.

2016. 12. 08. 일기 중에서

── 첫 번째 이야기

아침 근무를 마치고 무작정 광화문으로 달려갔다. 한겨울의 한기는 전혀 찾아볼 수 없을 만큼 뜨겁게 달아올라 있었다. 시민들과 어우러져 함께 촛불을 들었다. 사람이라면 누구에게나 결정의 순간이 다가온다. 물러서지도 나아가지도 못하는 순간의 선택은 깊은 후회를 낳기도 하고 때론 그런 결정을 감행한 스스로를 자랑스럽게 만들기도 한다. 내게도 그런 결정의 순간이 갑자기 찾아왔다.

중환자실에 기관 내 삽관을 한 할아버지가 있었다. 며칠 동안 인공호흡기를 연결한 뒤 폐렴이 호전되고 호흡도 안정되자 인공호흡기를 빼고 산소만 연결한 채 상태를 지켜보기로 했다. 산소는 원래 건조한 성질의 공기였고 할아버지의 기관지와 연결된 관은 유난히 좁았다. 가래도 워낙 많아 짧은 간격으로 끊임없이 흡인을 하며 분주하던 담당 간호사가 갑자기 비명을 질렀다.

"선생님! 선생님!!"

잘 유지되던 할아버지의 산소포화도가 갑자기 빠른 속도로 떨어지고 있었다. 급한 마음에 앰부백으로 공기를 밀어 넣었지만 돌덩이가 막힌 듯 전혀 들어가지 않았다. 할아버지는 숨을 쉬지 못하고 있었다.

"언제부터 이랬어?"

"아까까지만 해도 흡인기 끝이 좀 뻑뻑하긴 했지만 잘 들어 갔어요."

"주치의 당장 콜 해! 빨리!!"

앰부를 쥔 손이 떨리고 있었다. 건조한 산소 때문에 뭉친 가래들이 말라 돌덩이처럼 숨구멍을 막고 있을 확률이 높았다. 기관 내에 삽입된 관을 빨리 교체해야 한다는 의미였다. 하지만 그건 간호사가 할 수 있는 일이 아니었다. 의사의 영역이었다. 나는 그 점을 분명히 알고 있었다. 만약 간호사가 기관 내 삽관이 준비되지 않은 상태에서 함부로 관을 빼냈는데도 할아버지가 숨을 쉬지 못하고 끝내 숨을 거둔다면 그건 고스란히 내 책임이었다.

"선생님, 주치의랑 연결이 안 돼요!!"

"뭐? 다시 해봐! 당장!!"

하늘이 뿌옇게 변하는 것 같았다. 할아버지의 산소포화도는 100에서 20까지 떨어지고 있었고 얼굴색이 변하기 시작했다. 눈꺼풀 위를 누르는 통증에도 반응이 없었다. 심장박동도 점점 느려졌다. 앰부를 손에 쥐고 계속 공기를 불어넣으려고 했지만 마치 끝이 벽으로 막혀 있는 것처럼 꿈쩍도 하지 않았다. 이대로라면 할아버지의 심장이 멎을 것이 분명했다.

"선생님, 주치의 지금 별관에 있대요. 바로 온답니다!"

별관이라면 아무리 빨라도 족히 5분은 걸릴 거리였다. 주치의는 너무 멀리 있었다. 할아버지에게는 그만 한 시간이 없었다. 앰부백은 아무리 공기를 불어넣어도 여전히 꿈쩍조차 하지 않았고 이제 산소포화도는 한 자리로 떨어지고 있었다. 모니터는 점점 힘을 잃어가고 있는 심장의 움직임을 실시간 그래프로 그려 보이고 있었다. '만약, 관이 막힌 곳 하나 없이 깨끗하다면? 빼냈는데도 숨을 쉴 수 없다면? 그럼 모든 게 관을 빼낸 내 책임이 될 거고……' 머리로는 끊임없이 이해관계를 따지고 있었지만 두 손은 머리보다 더 빠르게 움직이고 있었다. 시간이 없었다. 할아버지가 죽어가고 있었다. 당장 무엇이라도 해야 했다. 거칠게 머리에 고정된 끈을 풀고 공기 풍선을 제거한 다음 할아버지 입에서 침에 젖은 관을 빼냈다. 그리고 산소가 들어갈 수 있도록 머리를 뒤로 젖히고 기도를 유지하며 두 손으로 앰부를 있는 힘껏 짜기 시작했다. 멈춰 있던 할아버지의 가슴이 부풀었다 가라앉기 시작했다.

"누가 주치의도 없이 함부로 관을 빼라고 했어요!!"

헐레벌떡 중환자실 문을 박차고 뛰어 들어온 주치의는 거친 숨소리와 함께 고함부터 질러댔다. 주치의가 험악한 표정으로 다가오고 있을 때 반대로 할아버지의 얼굴색은 편하게 돌아오고 있었다. 심장은 다시 힘을 찾아 박동 수가 올라가고 있었고 산소포화도는 90퍼센트를 넘고 있었다.

나는 조금 전 빼낸 막혀 있는 관을 조용히 주치의에게 보여줬고 그는 짧은 탄식과 함께 더 이상 아무 말도 하지 않았다.

— 두 번째 이야기

입사한 지 2년쯤 지나서 처음 밤 근무 책임자가 되었다. 후배 간호사 둘과 함께 밤새 중환자실을 책임져야 하는 무거운 임무는 설레면서도 두려웠다. 밤 근무를 위해 출근하자 중환자실이 어수선해져 있었다. 갑자기 어느 환자의 호흡이 멎으면서 급히 기관 내 삽관을 했고 그것도 불안정해져서 응급으로 목 한가운데를 절개하는 기관 절개술이 중환자실에서 이뤄지고 있었다. 기관 절개술을 처음 한다며 잔뜩 긴장해 있는 주치의를 오후 근무 책임자인 노련한 선배 간호사가 다독여주었다. 선배는 한 치의 망설임 없는 손길로 기관 절개술을 위한 의료기구 세트를 개봉해 오염되지 않도록 조심스레 필요한 물품들을 꺼내놓았다. 절개 부위가 잘 보이도록 무영등의 불빛을 목 한가운데로 맞춘 뒤 절개할 피부를 소독하는 약품을 넉넉히 부어놓았다.

주치의가 소독약에 적신 거즈를 환자의 목 전체에 고루 문

지르고 나서 기관 절개술을 시작했다. 메스가 목 한가운데 피부를 갈랐다. 장갑을 낀 손가락으로 폐에 연결된 기관지를 만지는 주치의의 손이 가늘게 떨리고 있었다. 피부를 절개하고 겸자로 젖히자 마침내 환자의 기관지가 모습을 드러냈다. 날카로운 메스로도 기관지를 절개하는 데 꽤 많은 시간이 소요되고 있었다. 마침내 절개된 기관지가 벌어졌고 입으로 들어간 관의 중간 부분이 보이기 시작했다. 이제는 입안에 빨대처럼 고정되어 있는 긴 관을 조금씩 빼면서 기억자로 꺾인 짧은 기관 절개용 튜브를 목으로 넣어야 할 차례였다. 주치의가 시야를 확보할 수 있도록 1센티미터 간격으로 입안에 고정된 관을 밖으로 빼내는 일은 내가 맡았다.

"조금 더…… 조금 더……."

주치의의 목소리에 맞추어 공기 풍선을 제거한 관을 조심스레 환자 입 밖으로 빼냈다. 관이 빠지면서 마침내 기관지의 빈 공간이 보이자 기억자로 꺾인 기관 절개용 튜브를 한 손에 쥐고 있던 주치의가 말했다.

"이제 다 빼주세요."

열린 기관지에 짧은 절개용 튜브를 넣으려면 기관지를 차지하고 있던 기존의 관이 빠져야 했다. 내가 기다란 관을 밖으로 빼냈으니 이제 주치의가 짧은 튜브를 기관지에 넣고 봉합하면 깔끔히 끝날 것이었다. 그런데 갑자기 주치의가 허둥대고 있었다. 입안의 관을 빼냈지만 절개한 기관지에 튜브가 들어가지 못하고 있었다. 돌발 상황이었다. 환자의 숨은 멎어 있었고 점점 얼굴색이 변하고 있었다. 모니터는 연신 알람을 울려대며 빠르게 떨어지는 산소포화도를 알리고 있었다. 힘으로 어떻게든 넣어보려 억지로 튜브를 밀어 넣는 주치의의 얼굴이 시뻘겋게 달아올라 있었다.

"아이 씨…… 앰부, 앰부!!"

결국 주치의는 기관지로 넣으려던 튜브를 내던지고 두리번거리며 앰부백을 찾았다. 선배는 미리 예상이라도 했다는 듯 옆에 준비해둔 앰부백을 재빨리 주치의에게 넘겨주고는 갑자기 장갑을 끼기 시작했다. 떨리는 손으로 앰부백을 환자의 입에 겨우 갖다 댄 주치의는 당황해 필사적으로 앰부백을 짜기 시작했다. 그러나 주치의가 밀어 넣은 산소는 환자의 폐에 닿기도 전에 열어놓은 목 한가운데 기관지를 통해 고스란히 밖으로 뿜어져 나왔다. 환자의 목에서 마치 바람이 새는 문풍지 같은 소리가 들려왔다. 환자의 가슴은 전혀 올라가지 않았고 산소포화도가 마침내 한 자리로 떨어졌다. 하지만 주치의는 뭐가 문제인지 깨닫지 못하는 것 같았다. 곧바로 기관 내 삽관이 이루어져야 했지만 한 자릿수의 산소포화도로는 어림도 없는 일이었다. 주치의가 하얗게 변한 얼굴로 떨어지는 산소포화도를 확인하며 계속 앰부백만 필사적으로 짜고 있을 때였다. 갑자기 소독 장갑을 낀 손가락 하나가 쑥 들어오더니 공기를 뿜어내고 있는 목의 절개된 기관지 안으로 쏙 들어갔다. 사이즈도 딱 맞았다. 선배 간호사의 손가락이었다. 바람 새는 문풍지 소리가 순식간에 사라졌다. 붕괴되기 시작한 댐을 손가락 하나로 막아 마을을 홍수로부터 지켜냈다는 소년 이야기가 문득 떠올랐다.

그렇게 선배의 손가락은 한참 동안 환자의 열린 기관지를 막아냈고 마침내 산소가 닿은 환자의 폐가 팽창되면서 그제야 환자의 가슴이 위아래로 움직이기 시작했다. 죽음에 거의 다다랐던 환자는 다시 뒤를 돌아 삶을 향해 힘차게 뛰어오고 있었다. 선배의 손가락 하나와 열정적으로 앰부백을 짜던 주치의 덕분에 환자의 산소포화도는 어느덧 90퍼센트를 넘고 있었다.

— 세 번째 이야기

내 나이 스무 살에는 세상을 전부 가질 수 있을 것 같았다. 하지만 그 아이는 스무 살에 세상을 전부 잃을 것 같았다.

스무 살의 한 여자 아이가 병동에서 갑자기 중환자실로 내려왔다. 택시 뒷좌석에 탔는데 뒤에서 차가 들이받는 바람에

앞좌석에 머리를 부딪친 단순 교통사고였다. 그 아이는 외상 하나 없는 가벼운 뇌진탕을 진단받았다.

병원 복도를 활보하던 멀쩡한 아이가 입원 이틀 만에 갑자기 열이 나기 시작했다. 그리고 몸살처럼 앓더니 빠르게 중증 패혈증으로 진행했다. 주치의조차 고개를 갸웃거리게 만들었던 원인 불명이었다. 원인균 파악을 위한 혈액 배양 검사가 나갔고 미처 결과가 나오기도 전에 의식을 잃었다. 스스로 숨을 쉬지 못해 중환자실로 내려온 아이에게 인공호흡기가 연결되었다. 급속히 떨어진 혈압을 올리는 많은 승압제가 투여됐지만 혈압은 여전히 불안정했다. 패혈성 쇼크였다. '나쁜 일은 한꺼번에 온다'는 말이 떠올랐다.

눈 위에 서리가 내린다는 설상가상雪上加霜이란 말은 우리 몸에도 통하는 말이다. 하나의 장기가 나빠지면 연쇄적으로 다른 장기들도 망가지는 다발성 장기부전으로 그 아이의 장기들이 빠르게 제 기능을 멈춰가고 있었다. 우선 급한 건 신장이었다. 콩팥 기능이 멈추면서 단 한 방울의 소변도 만들어지지 않았다. 배출되지 못한 혈액 내 독소가 점점 몸을 부풀게 만들더니 동공 반응을 보기 위해 눈꺼풀을 들어 올리는 것도 불가능하게 만들어버렸다.

멈춘 콩팥 기능을 대신할 투석기가 곧바로 투입되었고 그와 동시에 많은 양의 항생제가 투여되었다. 하지만 거침없이 세력을 넓혀가는 패혈증은 아이의 몸을 힘껏 부풀리는 것도 모자라 두 손과 두 발을 점점 창백하게 만들기 시작했다. 말초혈관들이 제 기능을 잃자 양손과 두 발은 마치 방금 냉장고에서 걸어 나온 듯 차가워졌고 그 냉기는 점점 위로 올라갔다. 손끝과 발끝에서부터 까맣게 괴사가 진행되기 시작했다.

할 수 있는 모든 치료를 다하고 반응을 기다리기에는 괴사 진행이 너무 빨랐다. 따스한 바람이 나오는 온풍기를 이불 밑에 대주고 따뜻한 물로 채운 핫백을 시간마다 대주었지만 전혀 나아질 기미가 보이지 않았다. 이대로라면 나중에 전신 상태가 좋아지더라도 두 손과 두 발을 절단해야 할지 모른다. 패혈증으로 하루 만에 무릎과 팔꿈치까지 빠르게 괴사가 진행되었던 다른 환자를 떠올렸다. 이 아이는 이제 겨우 스무 살이었다. 그 나이가 너무 아까워 점점 조바심이 나기 시작했다.

매 시간 보온을 위해 이불속에 꽁꽁 싸매둔 양손과 두 발의 상태를 확인하고 냉기를 확인했다. 이곳저곳 손으로 확인한 후에는 무작정 주무르기 시작했다. 그래야 할 것 같았다. 오른손 끝을 주무르다 오른발로 옮겨갔다. 다시 왼발을 주무르다 왼팔로. 내게 맡겨진 다른 환자들의 활력징후와 소변량 체크, 투약을 최대한 빠르고 신속하게 해야 그 아이를 위한 시간을 조금이라도 더 벌 수 있었다. 아이의 손과 발가락 끝은 이미 쪼그라들면서 짙은 검은색으로 변하고 있었고 점점 위로 진행 중이었다. 서둘러야 했다.

협진을 위해 한 교수가 중환자실에 들렀다. 교수는 혈액 배양 검사 결과를 한참 들여다보고는 짧은 한숨과 함께 정신없이 아이의 팔다리를 주무르는 나를 지긋이 바라보았다.

"그렇게라도 돌아오면 좋은데. 힘들겠어. 통계상으로는 사망 확률이 80퍼센트가 넘어."

그러나 교수의 말이 아이의 팔다리를 주무르는 일을 멈추게 할 만큼 중요하게 들리지는 않았다. 지금 하는 일에 의미를 두고 그 의미를 따질 만큼 한가롭지도 않았다. 통계 따위가 무슨 대수인가. 통계는 지나간 사람들의 일반적인 평균에 대한 수치일 뿐, 이 아이에게도 맞는다는 법은 없다. 무엇보다 이 아이는 내 환자였다. 시작을 했으니 끝을 봐야 했다. 지금 내가 이 아이를 위해 할 수 있는 것은 오로지 이것뿐이었다.

교수가 자리를 뜨자 이번엔 나보다 어린 주치의가 중환자실에 들렀다. 그도 혈액 배양 검사 결과를 보았으리라. 그리고 아이의 혈관을 따라 떠다니는, 사망 확률이 80퍼센트가 넘는다는 지독한 균들의 실체도 분명 확인했을 것이다. 그러나 그는 말없이 가운을 벗고 내 맞은편에 서서 아이의 다른 한쪽 발을 주무르기 시작했다.

"할 수 있는 모든 치료는 다 했어요. 이제 나이에 한번 희망을 걸어보죠."

그의 막내 여동생도 스무 살이라고 했다. 주치의는 시간이 날 때마다 돌아와 같이 아이의 팔다리를 주물렀고 시간이 없으면 인턴을 보내 하루 2시간 이상은 꼭 아이 곁에 붙어 있도록 했다. 다른 간호사들도 마찬가지였다. 점점 모든 사람들이 한마음으로 아이 곁에 모여들기 시작했다. 매일 마음 졸이며 눈금자로 괴사 부위를 체크하고 다시 주무르기를 반복했던 길고도 지루한 시간들이었다.

"선생님, 괴사 부위는 그대로예요. 더 진행되지는 않았어요."

꼼꼼히 눈금자를 체크하던 후배 간호사가 늘 그랬듯 자를 내려놓고 한쪽 발을 주무르기 시작했다.

"어? 발이 따뜻해졌어요!"

"선생님, 이쪽 손도 그래요!"

서둘러 손을 대보았다. 사실이었다. 양 손발에서 미지근한 온기가 느껴졌다. 말초혈관이 돌아왔다는 것은 패혈증이 힘을 잃기 시작했다는 좋은 신호였다. 얼마 후 주치의는 그동안 아이를 재웠던 안정제를 끊었다. 여전히 거대한 풍선처럼 부푼 모습이었지만 반응은 금방 나타났다. 아이가 몸을 뒤척거리기 시작했고 나는 의식을 확인했다.

"괜찮아?"

죽은 사람처럼 누워만 있던 아이가 스스로 고개를 끄덕였다. 그 아이는 스무 살이라는 나이에 기대했던 우리의 모든 바람을 열심히 들어주었다. 풍선처럼 부풀었던 얼굴과 몸은 빠르게 제 모습을 찾았고 호흡이 돌아오면서 인공호흡기를 떼어냈다. 그리고 잠시 쉬고 있던 콩팥이 다시 제 일을 열심히 하기 시작하면서 맑은 소변이 쏟아져 나왔다. 마지막으로 투석기가 치워졌다. 스무 살, 정말 그 나이에 맞는 회복 속도였다.

다시 올라간 병실에서 퇴원하던 날, 아이가 중환자실을 찾았다. 모두 하던 일을 멈추고 아이에게 몰려들었다. 아이가 신고 있던 양말을 벗자, 여기저기서 감탄이 이어졌다. 두 발가락 끝만 조금 잘라냈을 뿐 우리가 그렇게 열심히 주물러대던 손가락도, 발가락도 모두 스무 살의 나이를 뽐내며 제자리를 지키고 있었다.

저승사자와 싸우는
간호사

중환자실 간호사 일에는 점점 익숙해지고 있었지만 그럴수록 마음은 점점 혼란스러워져만 갔다. 삶과 죽음 사이를 오가는 많은 환자들을 보며 너무도 다른 두 세계 사이 어디쯤에 중심을 잡고 살아야 할지 고민이 되기 시작했다.

연말을 앞둔 출퇴근길은 거리 전체가 크리스마스트리처럼 반짝거리고 있었다. 흥겨운 캐럴 소리와 함께 세상은 오직 즐거운 일과 희망으로 넘쳐나고 있었다. 마주치는 사람들은 모두 건강해 보였고 그들의 얼굴은 행복한 미소로 가득 차 있었다. 나도 그들 중 하나였다. 꿈을 꾸기 시작했고 돈을 벌고 싶었다. 그리고 점점 갖고 싶은 것도, 하고 싶은 것들도 많아졌다.

하지만 중환자실에 들어오면 모든 것이 달라졌다. 건강한 사람들로 넘치는 거리와 달리 중환자실에는 아픈 사람들로 넘쳐났다. 아픈 사람들로 가득한 중환자실은 늘 절망으로 가득했고 우울했다. 아침에 멀쩡히 출근하다 교통사고로 실려 온 한 젊은이가 10시간 만에 영안실로 내려갔다. 중환자실 환자들은 모두 한때 나처럼 건강했고 희망을 품고 살았던 사람들이었다. 나도 그들 중 하나였다. 나도 언제든 예고 없이 사고를 당할 수 있고 병마로 하루 만에 쓰러질 수도 있는 나약한 인간이었다.

하루에 너무도 다른 두 개의 세상 사이를 오가는 느낌이었다. 그렇게 하루에 한 번씩 나는 마음속에서 희망론자가 되었다가 또 회의론자가 되기도 하면서 중심 잃은 줄타기를 하고 있었다. 하루하루 그 어느 쪽으로도 기울어지지 않도록 마음의 중심을 잡아야 했다. 어렸던 나에게는 너무 힘든 일이었다.

*

심폐소생술이 또 시작되었다. 세상이 어떻든 중환자실은 여전히 바쁘게 돌아가고 있었다. 벌써 세 번째였다. 심정지가 오자마자 바로 환자의 몸 위에 뛰어올랐고 체중을 실어 있는 힘껏 심장을 눌렀다. 주치의가 오면 기관 내 삽관이 바로 진행

될 수 있도록 준비하고 재빨리 주사기로 응급 약물을 환자의 몸에 투약했다. 중심정맥관을 챙겨 카트에 옮긴 뒤 혈압을 체크했다. 낮은 혈압을 올려줄 승압제를 준비하고 수액 조절기를 환자 옆에 거는 내 손이 더욱 빨라졌다. 주치의가 중심정맥을 찾는 사이 적혈구 두 팩이 동시에 들어갈 수 있도록 팔에서 정맥 하나를 찾아 바늘을 꽂았다. 이마에서 흘러내린 땀이 눈가로 떨어져 두 눈이 따가웠다. 환자의 심장이 다시 뛰기 시작했다.

"네가 바로 저승사자와 싸우는 아이로구나."

내 모습을 한참 동안 옆에서 지켜보던 한 할머니가 두 눈가로 흘러내린 땀을 닦아내고 있는 나에게 말씀하셨다. 그 순간, 그동안 희망론자와 회의론자를 오가던 중심 없던 마음이 가슴 아래로 묵직이 가라앉는 느낌이 들었다.

그랬다. 나는 내 환자들을 지키는 사람이었다. 나는 그것을 잠시 잊고 있었다. 그들을 살리기 위해서는 희망과 회의 사이를 오갈 시간조차 아까웠다. 할머니의 그 말씀은 아주 오랫동안 가슴에 남았고 나는 내 환자들을 위해 정말로 '저승사자와 싸우는 간호사'가 되어갔다.

"네가 바로 저승사자와 싸우는 아이로구나."

내 모습을 한참 동안 옆에서 지켜보던 한 할머니가

두 눈가로 흘러내린 땀을 닦아내고 있는 나에게 말씀하셨다.

그 순간, 그동안 희망론자와 회의론자를 오가던

중심 없던 마음이 가슴 아래로 묵직이 가라앉는 느낌이 들었다.

그랬다. 나는 내 환자들을 지키는 사람이었다.

나는 그것을 잠시 잊고 있었다.

그들을 살리기 위해서는

희망과 회의 사이를 오갈 시간조차 아까웠다.

할머니의 그 말씀은 아주 오랫동안 가슴에 남았고

나는 내 환자들을 위해 정말로

'저승사자와 싸우는 간호사'가 되어갔다.

수액 바늘을 꽂다가,
문득

"너 그러다 정말 큰일 난다. 탈수된다고."

입사한 지 1년쯤 되던 가을날, 출근 전부터 몸이 무거웠다. 혼자 자취를 하던 나는 며칠 전부터 감기인 듯 몸이 찌뿌둥하더니 갑자기 열이 나면서 목이 아프고 설상가상 몸살까지 겹치면서 일하는 내내 식은땀이 흘러내렸다. 목이 부어 밥을 먹을 수 없었고 물조차 삼킬 수 없었다. 같이 일하던 한 선배는 하얗게 뜬 내 얼굴을 보고 증상을 조목조목 묻더니 급기야 처방을 하나 내렸다.

"안 되겠다. 너 수액 하나만 맞자. 비타민 좀 섞어서. 내가 주사 놔줄게."

근무가 막 끝난 시간이었다. 안 그래도 걸어서 집으로 갈 자신도 없을 만큼 몸이 힘들었다. 수액을 맞고 좀 나아지기만 한다면 수액 아니라 뭐라도 맞고 싶었다. 수액 준비를 위해 조용히 처치실로 들어갔다.

먼저 공을 들여 손을 깨끗이 씻고 병균이 닿지 않도록 수액 연결 부위를 알코올 솜으로 꼼꼼히 닦았다. 닦은 연결 부위가 마르기를 잠시 기다렸다가 행여나 보이지 않는 균들에 오염되지 않을까 멸균된 수액 세트를 바로 열어 신중히 연결했다. 혈관을 따라 내 몸에 들어가게 될 수액이었다. 나는 내가 알고 있는 모든 지식을 동원해 철저히 무균법을 지켰고 시간도 꽤 소요됐다. 이제 거의 완성 단계였다. 마지막으로 수액의 연결 줄에 단 한 방울의 공기조차 들어가지 않도록 천천히 수액을 통과시켰다.

마침내 수액 세트가 완성되었고 이제 바늘만 내 몸에 꽂으면 됐다. 준비한 수액을 들고 처치실을 막 나서는 순간, 갑자기 떠오른 한 가지 질문이 머릿속을 빠르게 스쳐갔고 나도 모르게 걸음이 멈춰졌다. 점점 귓불이 뜨거워지기 시작했다.

'나는 지금껏 내 환자가 맞을 수액에도 이렇게 정성을 기울였었나?'

나 자신에게 던진 질문에 나는 할 말을 잃었다. 얼마 전에 바쁘다는 핑계로 손에서 미끄러져 바닥에 떨어진 주사기를 그냥 집어 들었던 내 모습이 떠올랐다. 수십 번 알코올 솜으로 닦아내야 하는 주사 연결 부위를 빠른 손놀림으로 한두 번만 닦아냈던 기억이 스쳐 지나갔다. 수액 줄에 조금 걸린 공기 정도는 무시했던 눈길이 떠올랐다. 주사기조차 다시 가지러 갈 시간이 없었다는 변명도, 정해진 시간 내에 한 환자에게 10가지 이상의 약물을 투약해야 했다는 변명도 지금의 나 자신에게는 통하지 않았다.

　내 환자들은 그런 대접을 받으면 안 되는 사람들이었다. 몸은 아팠지만 그 어느 때보다 정신은 맑았던 그날. 나는 정말 내 자신이 너무 부끄러워 고개를 떨구고 말았다.

"당신 덕분에
내가 살았어"

어느 저녁 TV 채널을 돌리는데 길가에 쓰러진 한 중년 남성을 주변에 있던 행인이 심폐소생술로 살렸다는 뉴스가 나왔다. CCTV 속 행인은 쓰러진 남성을 향해 한 치의 망설임도 없이 뛰어들어 거침없이 심폐소생술을 하고 있었다. 그의 심폐소생술은 확신으로 가득 차 있었다. 의료인인 내가 봐도 흠잡을 데 없이 훌륭했다. '나라면 어땠을까?' 갑자기 부끄러운 기억 하나가 떠올랐다.

60대 중반의 한 남자가 갑자기 집에서 심정지를 일으켰다. 제일 먼저 곁에 있던 아들이 시작한 심폐소생술은 119를 타고 응급실을 거쳐 중환자실에 도착하는 순간까지 이어졌다. 다음은 내 차례였다. 그의 가슴 위 정확한 심장 위치에 손바닥을 대고 두 팔을 곧게 펴 체중을 실었다. 이미 부러진 그의 갈비뼈는 누를 때마다 '두둑' 소리를 내며 마찰음을 냈다. 그의 모습은 마치 눈을 반쯤 뜬 마네킹 같았다. 팔 다리는 뼈가 없는 것처럼 심장을 누를 때마다 제 멋대로 흐물거렸고 피부는 차갑고 축축했으며 동공은 불빛에 반응하지 않았다. 죽은 자의 낯빛이었다. 땀이 뚝뚝 흘러내리던 긴 심폐소생술이었다.

체외 심폐 순환기(ECMO, 에크모)를 연결하기 위해 그의 양쪽 허벅지로 수도관 굵기의 관 두 개가 빨려 들어갔다. 서둘러 절개한 관 사이로 검붉은 피가 흘러 내렸다. 처음 심정지 후 1시간이 훌쩍 넘어가도록 그의 심장은 단 한 번도 스스로 뛰지 않았고 그의 심장을 대신하는 내 손은 더욱 빨라지고 있었다. 하지만 조금도 나아지지 않는 그의 모습에 나 역시 점차 힘이 빠지기 시작했다.

'안 되겠어⋯⋯.'

내 오래된 중환자실 경력은 '회의적'이라고 분명히 말하고 있었다. 심장이 멈추고 4분이면 뇌도 같이 죽는다. 바로 심폐소생술을 했다고는 하지만 4분의 시간이 우리가 모르는 어느 곳에서 이미 지났는지도 모를 일이었다. 스스로 심장이 뛰지 않았으니 만약 심장이 돌아오더라도 4분 만에 입은 뇌 손상은 그를 의식 없는 채로 죽을 때까지 의료기에 의존하게 할지도 모른다. 그건 분명 그와 가족들에게 불행한 일이다. 어차피 돌아오지 못할 거라면 갈비뼈가 다 으스러지도록 이렇게까지 그를 힘들게 하는 것이 과연 옳은 일일까? 그의 몸은 이미 만신창이가 되어가고 있었다. 내 손은 그의 심장을 대신하고 있었지만 머릿속에는 이제껏 보아온 살아 있지도 죽어 있지도 않은 불행한 다른 환자들의 모습이 스쳐가고 있었다. 1시간 후 심장을 대신할 에크모의 전원이 켜지고 나서야 비로소 나는 그에게서 손을 뗄 수 있었다.

내가 틀렸다.

그는 정확히 3일 뒤 인공호흡기를 뗐고 다음 날에는 기관 내에 삽입된 관을 제거해 말을 할 수 있었다. 그동안 본 적 없던 놀라운 회복 속도였다. 뇌손상도 없었고 여러 개의 갈비뼈가 부러진 것 외에는 그토록 길었던 심폐소생술의 부작용은 전혀 찾아볼 수 없었다. 참을 수 없는 부끄러움이 밀려왔다. 이렇게 건강히 다시 가족에게 돌아갈 사람을 나는 가망이 없다고 제 멋대로 판단했던 것이다.

중환자실 간호사로서 살아온 자부심이 자책감으로 채워지던 그때, 그가 나를 불렀다. 도와줄 간호사를 찾는 게 아니었다. 그는 나를 '콕' 집어 불렀다. 의식이 돌아온 후 나는 단 한 번도 그의 담당 간호사가 아니었다. 내가 가까이 다가가자 그는 마치 덥석 껴안듯 내 두 손을 움켜잡았다. 그의 손은 떨고 있었다. 한동안 말을 잇지 못하던 그가 갑자기 울음을 터뜨렸다. 이해할 수 없는 행동이었다.

"당신 얼굴, 기억 나."

예상치 못했던 그의 행동과 함께 그의 입에서 뜻밖의 말이 쏟아져 나왔다. 그는 쓰러지던 순간부터 병원에서 의식을 되찾을 때까지 아무런 기억이 없다고 했다. 그런데 멀리서 나를 처음 보았을 때 마치 그전에 알고 지낸 사람처럼 익숙했다고. 아니 분명히 기억이 났다고 말했다.

"당신 덕분에 내가 살았어, 정말 고마워."

그는 자신의 몸 위에서 심장을 필사적으로 누르던 내 모습을 보았다고 했다. 그의 심장은 뛰지 않았고 그는 분명히 의식이 없었다. 그런데 그가 반쯤 열린 눈으로 나를 보고 있었다니. 믿기 힘든 기묘한 이야기였다.

*

의식 없는 중환자의 가족들은 대부분 침대에서 멀리 떨어진 채 침묵만 지키다 짧은 면회 시간을 마친다. 매번 애틋이 바라보기만 하던 어느 중년 여인의 딸에게 말을 건넸다.

"하고 싶은 말 있으면 하셔도 돼요."

"우리 엄마, 이렇게 의식이 없는데……. 제가 하는 말을 알아들을 수 있을까요?"

"다 듣고 계실 테니 그동안 있었던 가족들 얘기부터 해주세요."

확신으로 가득한 내 말에 머뭇거리던 딸이 엄마를 바라보았다. 그러다 이내 어색하게 더듬더듬 말을 이어가기 시작했다. 남동생이 얼마 전 제대했음을 알렸고 할머니가 무사히 퇴원했음을 말했다. 이내 말문이 터진 딸은 엄마에게 끊임없이 말을 이어가며 점점 얼굴이 밝아졌다. 딸의 목소리에 조용히 귀 기울이던 그녀의 얼굴에 아주 잠깐 미소가 번졌다.

그 미소를 본 건 과연 나만의 착각이었을까?

다친 마음이
더 이상 닫히지 않으려면

앞으로 사람들과 어떤 관계를 맺어야 하는가가 한때 내 인생 최대의 화두였던 적이 있었다. 깊고 좁게 사귈 것인지, 아니면 얕고 넓게 사귈 것인지를 스스로 결정해야 했다. 깊고 좁게 사귀면 많은 사람들은 만나지 못하는 대신 깊은 관계를 유지할 수 있을 것이고, 넓고 얕게 사귀면 많은 사람들을 만나게 되는 대신 깊은 관계를 맺을 수 없을 것이다. 둘 다 장단점이 뚜렷했다.

처음에는 깊고 좁게 사람들을 만나기로 결심했다. 중환자실에서 돌보던 많은 환자들과의 깊고 좁은 관계는 그들의 고통과 죽음을 나 또한 고스란히 받아내는 일이었다. 한 번도 아프지 않았던 죽음은 없었다. 한 번도 안쓰럽지 않았던 고통도 없었다. 그들의 삶에 깊숙이 들어갈수록 같이 아픈 날들이 많았다. 그동안 내 마음 따위에는 신경 쓸 겨를이 없었다.

*

임종을 앞둔 한 할아버지가 있었다. 아들 둘과 딸 하나는 모두 중년을 넘겼고 머리가 하얗게 센 할머니는 걷지 못할 정도로 허약해 위태롭게 휠체어에 의존하고 있었다. 면회를 하는 할머니의 얼굴색은 하얗게 질려 있었고 핏기 하나 없었다. 며칠 동안 병원에서 밤을 새운 듯했다. 마치 지금이라도 당장 쓰러질 듯한 모습에 누워 있는 할아버지보다 할머니가 점점 더 걱정되기 시작했다.

"할머니, 자제분들이 계시니 집에 가 계세요. 그러다 쓰러지기라도 하면 어쩌시려구요. 무슨 일 있으면 바로 연락드릴게요."

"우리 영감, 얼마나 버틸 수 있을까?"

할머니는 눈물이 그렁한 눈으로 간절히 물었다. 그건 신이 아닌 이상 나도 모르는 일이었다. 때로 중한 상태로 며칠이나 가는 경우도 흔했지만 할아버지의 상태는 꽤 안정적이었다. 어쩌면 임종까지 며칠이 걸릴지도 모르는데 중환자실에서 마냥 기다리라는 것은 이 조그마한 할머니에게는 잔인한 일이라고 생각했다. 난 이 허약한 할머니가 정말 집에서 조금이라도 쉬기를 바랐다.

"그럼. 그래도 될까?"

"그렇게 하세요. 그러다 쓰러지세요."

아들 중 하나가 할머니의 휠체어를 밀고 막 중환자실 문을 나서는 순간이었다. 갑자기 할아버지의 심장박동이 느려지기 시작했다. 의미 없는 심폐소생술과 약물을 사용하지 않기로 했기 때문에 할아버지의 심장은 곧 멈추었고 모니터에서는 날카로운 알람이 울리기 시작했다. 할머니는 한참 말을 잃고 멍하니 할아버지를 바라보다가 갑자기 나를 무섭게 쏘아보며 소리를 지르기 시작했다.

"뭐? 며칠 갈 수도 있다고? 너 때문에 우리 영감 임종도 못 볼 뻔했다!! 네 이년을!!"

할머니의 고함이 무슨 신호라도 되는 듯 통곡하던 아들과 딸이 험악하게 내게 달려들었다. 순식간이었다. 막고 있는 사람들 틈으로 그들 중 하나의 손이 내 멱살을 쥐고 흔들었다. 그들은 마치 내가 할아버지를 죽음으로 몰고 간 사람처럼 가족을 잃은 그들의 모든 분노를 내게 돌리고 있었다. 당황했고 또 억울했다. 그들의 분노는 결코 식을 줄 몰랐고 나는 후배의 손에 이끌려 그곳을 빠져나와야만 했다. 홀로 간호사실에 남겨진 나는 한동안 뜨겁게 달아오른 그들의 분노와 비난을 고스란히 받아들인 채로 삭혀야 했다. 내 진심 따위는 아무 소용이 없었다. 좌절이 밀려왔고 눈물이 쏟아졌다. 그때 난 사람들과의 관계를 바꾸기로 결심했다.

좁고 깊은 관계에서 넓고 얕은 관계로 바꾸겠다고 결심하자 신기하게도 더 이상 환자와 그 가족들에게 마음이 쓰이지 않았다. 단지 내게 주어진 일, 내가 해야 할 일들만 기계적으로 했으며 그들과 감정적으로 섞이지 않았다. 점차 편해지기 시작했다. 다른 무엇도 신경 쓸 게 없었다. 사망한 환자에게도 아무런 감정이 느껴지지 않았고 가족들이 슬픔을 못 이겨 쓰러져도 덤덤하게 받아들였다.

*

그로부터 얼마 후, 교통사고로 온몸이 부서진 어느 젊은 남자에게 심폐소생술을 실시했다. 잠시 심장이 돌아왔지만 이미 뇌가 죽어버린 의미 없는 심장의 움직임이었다. 이 가망 없는 심폐소생술을 하느라 해야 할 일들이 점차 뒤로 밀려나자 점점 짜증이 밀려오기 시작했다. 심폐소생술에 빼앗기는 시간이 아까웠다. 나는 그 상황이 빨리 끝나고 오직 내가 해야 할 일에 집중하기를 원했다.

마침내 그 젊은 남자는 사망했고 나는 기다렸다는 듯이 덤

덤히 퇴원 수속을 시작했다. 가족들의 아픈 울음소리가 들려왔지만 마음을 닫은 내게는 그저 중환자실에서 흔히 들리는 소음과 같았다.

울고 있는 젊은 여자는 이제 갓 돌이 지난 아기를 안고 있었다. 어리둥절해 주위를 둘러보던 아기와 순간 내 눈이 마주쳤다. 그 순간이 마치 영원처럼 길게 느껴졌다. 아이의 맑은 눈은 마치 내 마음속을 들여다보는 듯했다. 한참 마주 바라보던 아이가 나를 향해 활짝 웃어보였다. 차마 더는 아이를 쳐다볼 수가 없어 고개를 숙였다. 아릿한 통증이 내 깊은 곳 어딘가에서 서서히 올라오는 기분이 들었고 마침내 통증이 온몸으로 퍼져나가는 느낌이 들었다. 나는 한동안 꿈쩍도 할 수 없었다.

정말 그건 아니었다. 그건 내가 아니었다. 나는 가면을 쓰고 있었고 결코 편한 게 아니었다. 그 또한 이미 내가 알고 있는 사실이었다. 문득 내가 돌보는 환자들 때문에 다시 시리도록 마음이 아프고, 때론 그 가족들에게 또다시 멱살이 잡힌다 해도, 이제는 정말 괜찮을 것 같았다.

그렇게
간호사가 된다

아이가 태어나 자라는 모습을 하루하루 신기하게 바라보듯 이제 막 입사한 신규 간호사가 어엿한 간호사로 변해가는 것만큼 신기한 일도 없다. 고되고 고된 중환자실 간호사 일을 하다 보면 입사 첫날 선배 간호사가 일하는 모습만 보고 바로 다음 날 사직서를 들고 오는 것도 더는 놀랍지 않은 일이 된다. 중환자실에 남아 있더라도 대부분의 간호사가 3개월을 넘기지 못했다. 그 힘든 시간을 묵묵히 버텨내 신규 간호사 티를 막 벗은 한 새내기 간호사와 근무할 때였다. 이제는 따로 가르쳐주는 사람이 없으니 오롯이 혼자 자신에게 주어진 환자들을 돌봐야 했다. 같이 근무하는 내 시선은 물가에 어린아이를 내놓은 어미처럼 자꾸만 그 아이를 향했다.

*

어느 80대 할머니의 심폐소생술이 막 끝났다. 할머니는 내가 가르쳤던 신규 간호사의 환자였다. 오전에 인공호흡기를 떼고 의식도 멀쩡하던 할머니가 돌연 의식을 잃었지만 그 아이의 빠른 대처로 5분도 안 되는 짧은 심폐소생술 후 다시 깨어났다. 다시 기관 내 삽관을 하고 인공호흡기를 연결하자 묻는 말에 고갯짓으로 의사소통이 될 만큼 의식이 돌아왔지만 인공호흡기가 답답한지 온몸을 뒤틀며 빼려고 하는 통에 안전을 위해 양손을 억제대로 고정했다. 담당 간호사로서 그 아이는 꽤 능숙하게 자신의 일을 해내고 있었다.

내게는 가르쳐야 할 두 명의 신규 간호사가 더 있었고 그 할머니에게는 듬직한 담당 간호사가 있으니 곧 할머니는 내 관심 밖으로 밀려났다. 내 관심이 온통 신규 간호사들을 가르치는 데 향해 있을 때쯤 또다시 할머니의 두 번째 심장 요동이 왔다. 첫 번째보다 심각했다. 제세동기로 최고 전력의 전기 충격을 주고 강심제를 투여하고 승압제를 연결했지만 심장은 점점 더 힘을 잃어갔다. 긴 시간 동안 심폐소생술이 이어졌지만 끝내 다시 뛰지 않는 심장에 주치의는 결국 사망을 선언했다.

그런데 할머니의 시신을 수습하고 영안실로 내리는 퇴원 업무를 하던 그 아이가 처음 해보는 것도 아닌 일들을 계속 지연시키고 있었다. 응급실에는 곧 입원해야 하는 새로운 중환자가 대기 중이었다. 몇 번 마무리를 재촉했지만 돌아볼 때마다 퇴원 수속을 하지 않고 이미 수습이 끝난 할머니 주변을 계속 서성이고만 있었다. 나는 신규 간호사들 뒤를 쫓아다니며 이제 곧 올라올 중환자까지 받을 준비를 하느라 눈코 뜰 새 없이 바빴다. 계속 지연되고 있는 퇴원과 입원을 재촉하는 응급실 전화까지 받고 나자 가뜩이나 예민해진 터에 슬슬 짜증이 밀려오기 시작했다.

"아직도 정리가 안 된 거야? 대체 뭐하고 있어? 처음 하는 일도 아닌데 왜 그래? 뭐가 문제야?"

언성이 높아졌다. 평상시에는 혼을 내도 알아듣는 건지 못 알아듣는 건지 모를 묘한 표정을 짓다가 때론 슬쩍 웃기도 하던 밝은 아이었다. 그런데 그 아이가 울고 있었다. 우뚝 서서 소리 없이 눈물만 흘리고 있었다. 이미 오래전부터 울기 시작한 듯 눈물 흐른 자국이 얼굴 화장 여러 곳에 번져 거미줄처럼 엉켰고 무게를 이기지 못해 턱 아래로 우두둑 떨어지고 있었다.

"왜 울어?"

기가 막혔다. 더군다나 지금은 할머니의 가족들이 마지막 면회를 하는 중이었다. 여기저기서 가족들의 통곡 소리가 터져 나왔다.

"우선 들어가. 들어가 있어."

할머니와 가족들의 마지막 시간을 망칠 수는 없었다. 끝까지 이성을 잃지 않고 마지막까지 그들을 보듬어야 할 간호사가 자기감정도 추스르지 못하고 울고만 있자 나는 우선 그 아이를 잠시 탈의실로 들어가 있게 했다. 눈물을 훔치며 서둘러 사라지는 아이를 보며 내가 조금 전 그 아이에게 했던 말을 곱씹어봤다. 머릿속이 복잡해졌다. 빨리 마무리를 안 한다고 다그쳤던 게 문제였던 걸까. 해야 할 일들이 밀려 있어 짜증이 나긴 했지만 그건 중환자실에서는 흔한 일이었다. 특별히 심한 말을 한 기억은 없었다. 하지만 나도 모르게 무심코 뱉은 말 한마디가 그 아이의 울음을 터뜨렸는지도 모를 일이다. 혹시 내가 못 본 사이 무슨 일이 있었던 걸까?

이번엔 시간을 되짚어봤다. 할머니 때문에 중환자실에 한참 머물렀던 주치의 때문인가도 싶었다. 그는 말을 꼬아서 하는 타입이라 자주 간호사들과 갈등을 빚곤 했다. 신규 간호사들이 그의 말투 때문에 속상해한다고 했던 누군가의 말이 떠올랐다. 두 번의 심폐소생술이 주치의와 담당 간호사를 한참 묶어놨으니 아무리 생각해도 가능성은 그 두 가지밖에는 없었다. 과연 무엇이 그 아이를 속상하게 했는지는 모르겠지만 만약 그렇더라도 그 아이의 행동은 간호사로서 너무 무책임했다. 바쁘게 돌아가는 중환자실에서 자신이 속상하다며 환자의 마지막 가는 길을 지연시키고 해야 할 일을 미룬 채 울기만 하는 건 어린아이나 하는 철없는 행동이었다. 그건 중환자실 간호사 자질의 문제였고 나는 그 문제를 바로 잡아야 하는 책임이 있는 사람이었다.

퇴근 무렵 그 아이를 따로 불렀다. 선배가 혼내는 몇 마디, 주치의의 말투에 속상해 자기감정을 조절하지도 못하고 일을 던져둔다는 것은 생사가 오가는 환자가 가득한 중환자실에서는 있을 수 없는 일이기에 나는 잔뜩 벼르고 있었다.

"아까 왜 울었어? 내가 빨리 마무리 안 한다고 다그치니까 속상해서 울었어?"

"아니요."

"그럼 주치의가 뭐라 그래서 속상해서 그랬어?"

"아니요."

"그럼?"

"할머니랑 싸웠어요."

"뭐?"

전혀 예상하지 못한 대답이었다. 그 아이는 또다시 눈시울이 붉어지고 있었다. 두 번째 심폐소생술 전 인공호흡기를 빼려고 요동치던 할머니와 실랑이를 벌이던 그 아이의 모습이 떠올랐다. 그건 중환자실에서 흔한 풍경이었다.

"제가 할머니한테 인공호흡기 빼지 마시라고 막 뭐라 했어요. 너무 모질게 말했어요."

"그건 할머니를 살리기 위해 어쩔 수 없는 일이었잖아."

"근데, 살리지도 못했잖아요. 너무 못되게 말했는데……. 죄송해서, 그게 너무 죄송해서 할머니 곁을 떠날 수가 없었어요."

순간 할 말이 생각나지 않았다. 대신 콧날이 시큰해졌다. 아이는 흐느끼기 시작했다. 할머니 가족 앞이라 숨죽여 울던 아이는 이제야 마음 놓고 소리 내 울었다. 수십 년간 중환자실에 있었지만 나는 그 아이가 속으로 어떤 생각을 하고 있었는지 짐작조차 못하고 있었다. 나 자신이 부끄러우면서도 그 아이가 너무 대견했다.

나는 나의 결정을
믿는다

띠동갑인 어느 수간호사 선생님에게서 엿본 미래의 내 모습, 능력 있는 간호사가 근무 외 시간까지 헌납해가면서 만든 자료를 가지고 떨어진 젯밥은 스스럼없이 주워 먹으면서도 정작 열악한 간호사 처우를 개선해달라는 건의에는 귀를 막은 채 돌아섰던 사람들, 그리고 또다시 그런 사람들 밑에서 부당한 처우를 당하는 후배 간호사들의 모습은 점점 더 나를 무기력하게 만들었다. 그러던 중 하나의 사건이 머뭇거리던 내 두 발을 망설임 없이 단번에 병원 밖으로 향하게 만들었다.

5월의 어느 날이었다. 토요일이었고 수간호사 선생님은 2주 간격으로 받는 주 5일 근무제로 쉬고 있을 때였다. 한 할아버지 환자가 있었다. 반신불수 상태였고 폐가 좋지 않아 기관 절개술을 했으며 비정상적으로 좁아진 기관지 때문에 긴 튜브를 목에 넣은 채 실로 꿰매 고정하고 있었다. 그 할아버지에게는 목의 튜브가 생명줄이었지만 고집이 워낙 셌고 치료에 전혀 협조를 하지 않았다. 양손에는 안전을 위해 억제대를 하고 있었지만 얼마 전에는 묶인 손을 틀어 스스로 목의 튜브를 빼내는 바람에 바로 심정지가 오기도 했다. 달려든 간호사들의 빠른 심폐소생술 덕분에 겨우 다시 살아날 수 있었다.

그에게는 그런 그를 닮은 세 명의 딸들이 있었다.

보호자 면회를 앞두고 자리를 정리하고 있을 때였다. 양손에 묶인 억제대를 풀어 오랫동안 눌려 있던 그의 등과 엉덩이를 마사지하고 흘러나온 대변을 씻어냈다. 기저귀를 새것으로 갈아주고 반이 마비된 몸 때문에 한쪽으로 쏠린 자세를 잡아주는 사이 멀쩡한 그의 한 손이 또다시 그의 생명줄인 목의 튜브를 잡았다. 봉합한 실들이 풀리면서 또다시 튜브가 막 빠져나오려는 찰나, 그걸 발견한 담당 간호사가 놀라 비명을 지르며 급히 할아버지의 손을 잡아채 튜브가 빠져나오는 것을 막았다. 바로 그때 보호자 면회가 시작되어 그의 둘째딸이 들어왔다.

"언니, 지금 우리 아빠한테 소리 지른 거예요?"

그의 딸들은 의사에게는 꼬박꼬박 '선생님'이라고 부르면서 간호사인 우리에게는 '언니'라고 불렀다.

담당 간호사가 다시 억제대를 고정하며 상황을 설명했지만 한참을 쏘아보던 그녀는 밖에 있는 큰언니와 면회를 교대하겠다며 나갔다. 그런데 큰딸이 바로 들어오지 않는 대신 밖이 웅성거리기 시작하더니 날카로운 욕설들이 들려오기 시작했다. 자매의 목소리였다. 이윽고 키가 크고 몸집이 거대한 큰딸이 쿵쿵대는 발소리와 함께 고함을 지르며 중환자실로 들어왔다.

"니가 우리 아빠 때린 년이야?"

말이 어떻게 와전되었는지 이번에는 환자를 때린 간호사로 바뀌어 있었다. 면회하던 다른 많은 중환자 보호자들의 눈길이 일제히 한곳에 쏠렸다. 다른 환자들도 돌봐야 했던 담당 간호사는 오해를 일으켰다면 죄송하다고 정중히 사과부터 한 뒤 면회가 끝나면 다시 자세히 설명해드리겠다고 했지만 흥분한 큰딸은 다짜고짜 담당 간호사의 멱살부터 잡았다. 이내 따라 들어온 둘째딸이 욕설을 내뱉으며 거칠게 간호사의 등을 떠밀기 시작했고 큰딸은 멱살을 쥔 채 담당 간호사를 밖으로 끌고 나갔다. 모든 일이 순식간에 벌어졌다.

내 눈앞에서 벌어지는 이 모든 일들을 도무지 믿을 수가 없었다. 망설일 시간이 없었다. 나도 멱살이 잡힌 채 중환자실 밖으로 끌려 나가는 간호사의 뒤를 따라 뛰면서 그녀의 거친 손길을 떼어놓으려 했지만 쉽지 않았다. 여러 명의 간호사들이 같이 매달려서야 겨우 큰딸이 쥔 멱살을 풀어낼 수 있었다. 담당 간호사의 옷은 이미 뜯겨나가 있었다. 경비를 불러 그들을 중환자실 밖으로 나가게 했지만 그들은 결코 물러설 줄 몰랐다. 딸들은 간호사들이 자기 아빠를 때렸다며 병원이 떠나갈 듯 고함을 질러대면서 담당 간호사를 내놓으라고 고래고래 소리를 지르며 난동을 부렸다. 큰딸처럼 몸집이 큰 그녀의 남편도 합세해 얼굴만 한 큰 손바닥을 들어 때릴 듯 위협해왔다. 도무지 말이 통하지 않았다. 흥분한 그들은 담당 간호사를 개처럼 질질 끌고 다녀야 직성이 풀리겠다는 상식 밖의 요구를 했고 증거 확보를 하겠다며 중환자실 CCTV 자료를 내놓으라고 했다. 병원 관계자 몇 명이 서둘러 올라와 그들의 요구를 들어주었다. CCTV 확인을 위해 이번에는 양팔에 문신이 가득한 셋째딸이 들어왔다.

"우리 아빠 때린 거 맞네."

간호사들이 욕창을 예방하기 위해 할아버지를 옆으로 돌려 등을 마사지하고 엉덩이를 주무르는 장면이 보였다.

"저것 봐, 이번에는 아주 목을 조르고 있지?"

그건 간호사 네 명이 달라붙어 반신불수로 비딱해진 할아버지의 자세를 바로잡아 주고 침대 위로 들어 올려주는 모습이었다. 그들은 간호사가 무슨 일을 하는지 전혀 모르고 있었다. 병원 관계자들은 아무 말도 하지 않은 채 그들이 하는 얘기를 그저 듣고만 있었다. 그들의 무거운 침묵은 잘못한 게 없는한 간호사를 순식간에 죄인으로 몰아가고 있었다.

"어느 장면이 때리고 목을 조르고 있는 건데요? 저건 할아버지한테 욕창 생기지 말라고 등 마사지를 하는 거고, 저건 할아버지의 비뚤어진 자세를 바로잡아주고 있는 거잖아요."

너무 억울해 참다못한 내가 침묵을 깨고 한마디 했다. 간호사가 하는 일을 모르는 사람들에게 그 누구도 그것이 오해라고 말하지 않았다. 내 말에 갑자기 분위기가 싸늘하게 가라앉았다. 셋째딸은 고개를 돌려 나를 잡아먹을 듯이 쏘아봤고 나도 지지 않고 그녀를 똑바로 쳐다보았다.

"당신은 뭐야? 뭣도 모르면 당신은 빠져!"

작정한 내가 한마디 더 하려 하자 이번에는 옆에 있던 한 사람이 조용히 하라는 듯 내 팔을 툭 쳤다. 병원 관계자였다. 보호자가 말도 안 되는 억지를 부려도 늘 친절해야 하는, 너는 간호사라는 무언의 압박이었다. 절망감이 밀려왔다. 그들의 비상식적인 행동들이 억울해 참을 수가 없었다. 그들이 나가자 병원 관계자는 개인끼리 일어난 폭행 사건이니 억울하면 개인자격으로 경찰에 신고하라는 말도 안 되는 조언을 하고는 사라졌다. 실소가 터져 나왔다. 병원에서 환자를 돌보던 간호사가 보호자에게 폭행을 당했는데 개인이 알아서 하라니. 난동을 부린 그 보호자들 때문에 다른 중환자들까지 위험에 처했던 사실을 그는 인지하지 못하고 있었다. 근무 책임자였던 나조차 후배 간호사들을 쳐다볼 면목이 없었다.

결국 퇴근 후 같이 근무하던 후배 간호사들은 신고를 위해 경찰서로 달려갔고 참고인 진술서를 쓰고 있다는 문자를 보내왔다. 나는 한참 동안 병원에 남아 우두커니 앉아 있었다. 머리가 마치 텅 비어버린 듯했다. 그 자리에 참을 수 없는 배신감이 밀려들었다. 폭행당한 CCTV 화면을 촬영해간 후배 간호사의 휴대폰 동영상을 본 경찰은 의료인 폭행으로 가중처벌이 가능하다며 우리 편을 들어줬다. 병원 관계자보다 경찰에게 더 믿음이 갔다.

할아버지의 딸들은 그 뒤로도 교대로 면회를 와서 우리가 하는 말들을 녹음하고 허락도 없이 수시로 동영상을 찍어댔다. 어느 방송국에 제보를 했으며 곧 기사가 나올 거라는 말로 협박을 해왔다. 그들과 똑같이 나도 그들의 동영상을 찍었고 그들의 말을 녹음했다. 후배 간호사들을 지키기 위해 강해져야 했다. 아니, 강한 척이라도 해야 했다. 하지만 너무 외로웠고 순간순간 가슴을 깊이 후벼 파던 자괴감은 어쩔 수 없었다.

"선생님, 저…… 이제 간호사 못할 것 같아요."

담당 간호사는 박사과정까지 마친 똑똑한 후배였다. 늘 당당했던 모습은 사라지고 한껏 움츠러든 어깨를 들썩이며 뜨거운 눈물을 쏟아내는 그 아이에게 아무것도 해줄 수 없는 선배라는 자리가 더 깊은 자괴감에 빠지게 만들었다. 절망 속에서 허우적거리며 며칠 동안 잠을 이루지 못했다. 그리고 결국 마음속 깊은 곳에서 점점 더 강하게 들려오던, 병원을 떠나라는 내 직관을 믿어보기로 했다. 더는 버틸 수가 없었다. 절망과 자괴감만 가득 찬 마음으로는 더 이상 내 환자들을 보살필 자신이 없었다. 그건 그들에게도 옳은 일이 아니었다. 엄마를 부양해야 했지만 자괴감은 곧 내 자신까지 삼켜버릴 것처럼 빠른 속도로 자라나고 있었다. 나 자신을 믿고 내 직관에 따르기로 했다. 나는 그날 이후 마침내 병원을 떠나기로 결심했고 사직서를 제출하면서 그렇게 21년 2개월의 간호사 생활을 마감했다.

*

아이러니하게도 병원을 떠나자 비로소 병원 안의 간호사라는 직업이 바로 보이기 시작했다. 간호사는 그 누구보다 정직하고 진심을 다해야 하는 직업이다. 내 환자들은 내가 그들에게 마음을 주고 진심을 다했을 때에만 비로소 좋아졌다. 나는 내 환자들을 어떻게든 지켜내려고만 했을 뿐, 이해관계를 따질 줄 몰랐고 영악하지 못했다. 권력을 쥔 누군가의 눈치를 보며 살지도 않았다. 그래서 간호사는 지금껏 다른 직업에 비해 자신의 권리를 찾지 못하고 온갖 부당한 일에도 참아왔는지 모른다.

내가 포기하고 주저앉는 순간, 내 환자들도 같이 주저앉았다. 내 환자들을 끝까지 지키기 위해서는 내가 먼저 보호를 받고 보살핌을 받아야 한다는 사실을 모른 채 혼자서 발만 동동 구르던 시간들이었다. 그 누구도 주지 않던 용기를 끊임없이 나 자신에게 주며 혼자 발악하듯 발버둥을 치던 와중에 나는 어느덧 한계에 가까워져 있었다. 더는 버텨낼 수가 없었다. 간호사는 환자들을 위해서라도 더 많은 보호와 보살핌을 받아야 하는 직업이었다.

"너, 그렇게 물러터지다간 남들한테 이용만 당한다. 세상이 어떤 곳인데."

아버지 하나만 믿고 고향을 떠나 낯선 곳에서 남매를 낳았지만 결국은 남편 없이 홀로 자식을 키워야 했던 엄마가 어느 날 무른 내 성격에 대해 조목조목 말하다 한마디 던졌다. 그때 나는 졸업하면 간호사라는 안정적인 직업을 가질 예정이었고 세상에 대한 믿음으로 가득 찬 패기 넘치던 대학생이었다. 엄마의 충고가 귀에 들어올 리 없었다. 끝내 내 생각을 굽히지 않자, 한껏 얼굴을 찌푸리던 엄마가 다시 말했다.

"네가 하고 싶은 거 하려면 네가 먼저 당당해져야 해! 그게 어디 쉬운 일인 줄 알아?"

그 후로 참 오랜 시간이 지났다. 잊고 있던 아주 오래전 우리가 나눈 대화가 다시 떠오른 건 병원을 떠난 뒤 그 병원에 대한 기사들이 쏟아져 나왔을 때였다. 엄마는 오래전 우리가 나눈 대화를 기억하지 못했지만 세상모르고 뛰어다닐 것 같은 나를 바라보던 근심 어린 엄마의 눈빛을 나는 기억하고 있었다. 내가 처음 입사시험을 치렀던 S병원이 신규 간호사에게 지급한 초봉이 36만 원이라는 기사가 나오면서 간호사의 부당한 처우와 인권 유린에 대한 기사들이 연이어 터져 나왔다. 가끔 내 귀에도 들려오던 실체 없던 소문들은 모두 사실이었다.

내가 정말 사랑했던 간호사라는 직업은 당연히 받아야 할 임금을 체불당하고 있었고, 수없이 부당한 일들을 당하면서 어느덧 인권 유린의 한가운데에 서 있었다. 엄마의 말은 모두 사실이었다. 그동안 쌓여온 묵은 설움들이 여기저기에서 한꺼번에 터져 나왔다.

내가 포기하고 주저앉는 순간, 내 환자들도 같이 주저앉았다.

내 환자들을 끝까지 지키기 위해서는

내가 먼저 보호를 받고 보살핌을 받아야 한다는 사실을 모른 채

혼자서 발만 동동 구르던 시간들이었다.

그 누구도 주지 않던 용기를 끊임없이 나 자신에게 주며

혼자 발악하듯 발버둥을 치던 와중에

나는 어느덧 한계에 가까워져 있었다.

더는 버텨낼 수가 없었다.

간호사는 환자들을 위해서라도

더 많은 보호와 보살핌을 받아야 하는 직업이었다.

2장

죽음에서 살아 돌아온 사람들

메르스 사태의 한가운데에서 보낸 14일

"가겠습니다. 지금껏 그래왔듯
서 있는 제 자리를 지키겠습니다.
최선을 다해 메르스가 내 환자에게 다가오지 못하도록
맨머리를 들이밀고 싸우겠습니다.
더 악착같이, 더 처절하게 저승사자를 물고 늘어지겠습니다."

50대 여성 환자

아침 출근길에 엄마가 보는 TV 뉴스에서 최근 중동에 다녀온 한 남자가 중동호흡기증후군인 메르스라는 질병에 감염됐다는 소식이 들려왔다. 20년간 중환자실에서 근무했지만 처음 들어보는 이름의 질병이었다.

"선생님, 혹시 낙타 타보신 적 있으세요?"

"뭐?"

"그럼 혹시 낙타 고기나 낙타유를 드셔보신 적은요?"

"그게 무슨 소리야?"

방금 들어온 메르스 정부 지침을 훑어보던 간호사 중 하나가 장난기 가득한 표정으로 나에게 낙타에 대한 질문을 쏟아냈다.

"난 낙타 직접 본 적도 없어, TV에서나 봤지."

"난 동물원에서 보긴 봤는데. 자세히 보지도 못했어."

"근데 낙타 고기도 먹어요? 어디 파는 데가 있나? 이거 정말 웃긴다. 뭐 이런 지침이 다 있냐?"

모여 있던 간호사들의 알 수 없는 대화에 하던 일을 멈추고 정부 지침서를 들여다보았다.

'낙타와 밀접한 접촉을 피할 것.'

'멸균되지 않은 낙타고기나 낙타유를 섭취하지 말 것.'

2015년 5월 22일 아침. 온통 낙타 그림으로 채워진 낯선 질병 메르스에 대한 정부 지침이 중환자실 벽에 걸렸다.

*

5월 25일은 석가탄신일이었다. 늘 북적대던 중환자실이 잠잠했던 흔치 않은 공휴일이었다. 아니, 외과중환자실만 조용했다. 중환자실은 내과와 외과로 분류되어 있었는데 두 개의 큰 방이 마치 아령 손잡이처럼 좁은 복도로 이어진 모양이었다. 간호사들도 내과와 외과로 나뉘어 근무했지만 모두 같은 문으로 출근했고 같은 문으로 퇴근했으며 모두 같은 탈의실을 사용했다.

그날은 3교대 근무 중 오후 근무였다. 외과중환자실은 환자와 간호사들이 모두 평안하던 이상하리만큼 고요한 날이었다. 간간이 간호사들이 서로 조용히 농담을 나누고 때때로 침묵을 깨는 조그만 웃음소리가 들리기도 한 여유로운 오후였지만 복도 반대쪽에 있는 내과중환자실은 달랐다. 고함소리와 날카로운 기계 알람들이 좁은 복도를 가로질러 외과중환자실까지 들려왔다. 고개를 돌려보니 좁은 시야 사이로 간호사들이 발 빠르게 뛰어다니고 있었고 높낮이를 조절하지 못한 고함에 가까운 목소리들이 계속해서 다급하게 들려왔다.

내과와 외과로 나뉜 중환자실에는 어떤 환자가 오느냐에 따라 희비가 엇갈렸다. 간만에 찾아온 여유를 즐기고 싶은 유혹에 넘어가려 할 때쯤 아직 일에 서툰 신규 간호사들이 많은 5월인 데다 부서장마저 없는 공휴일이라는 게 마음에 걸렸다. 급기야 후배인 내과중환자실 책임 간호사의 비명에 가까운 다급한 목소리가 들리자 내 발은 자석에 끌리듯 내과중환자실로 향했다.

내과중환자실 한가운데에는 급성호흡부전으로 방금 응급실을 통해 입원한 중년의 여성이 있었다. 50대쯤 되어 보였다. 모든 의료진이 침대 주변을 완전히 에워싼 채 그녀에게 집중하고 있었다. 침대에 축 늘어진 그녀의 상태는 아주 위급해 보였다. 인공호흡기를 하고 있었고 기계는 완벽하게 산소를 공급하고 있었지만 산소포화도는 겨우 40퍼센트에 머물고 있었다. 방사선 사진은 양쪽 폐가 마치 물에라도 잠긴 것처럼 보였다. 혈압도 불안정했고 의식도 없어 보였다. 죽음이 가까이 왔음을 본능처럼 알 수 있었다.

환자의 상태가 불안정하자 다급한 의사의 다양한 처방들이 쏟아져 나왔다. 아직 경험이 부족한 새내기 간호사들은 그 처방들을 모두 소화해내지 못하고 있었다. 무엇보다도 손이 더 필요한 상황이었다. 중심정맥관을 삽입할 도구들을 준비하고 심폐소생술에 필요한 준비를 도왔다. 위급상황을 경험해보지 못해 미처 할 일을 찾지 못한 신규 간호사들에게도 하나하나 역할을 정해주고 함께 움직였다. 신속하고 빠르게 일을 처리해 나갔지만 그녀 폐의 능력은 여전히 40퍼센트에 머물고 있었다. 주치의는 호흡부전에 빠진 폐를 대신할 에크모를 결정했다.

공휴일이라 혈관 조영실은 문이 닫혀 있었다. 그녀의 가느다란 목숨줄을 잡기 위한 에크모는 결국 내과중환자실 한복판에서 이루어졌다. 경비실에서 열쇠를 가져와 혈관 조영실 문을 열고 에크모에 필요한 재료들을 내과중환자실로 옮겨왔다. 1시간 넘는 시간 동안 그녀의 양쪽 허벅지로 손가락 두 개 굵기의 관이 빨려 들어갔고 산소가 부족한 시커먼 피가 몸속에서 뿜어져 나왔다.

평택에서 수원으로 옮기던 중 갑자기 상태가 악화되는 바람에 원래 가고자 했던 병원보다 더 가까운 이곳 병원으로 온 환자라고 했다. 예고 없이 닥친 그녀로 인해 그날 중환자실은 아수라장이 되었고 생과 사의 그 어디쯤에서 길을 잃은 그녀를 다시 삶으로 끌어오려는 줄의 맨 끝에 나와 의료진들이 매달려 있었다.

15번

메르스에 대한 보도는 점점 메인 뉴스가 되어갔다. 확진 환자가 점차 늘어나자 뉴스에서는 그들을 이름 대신 나이와 성별, 그리고 번호로 부르기 시작했다. 엄마의 근심 가득한 시선이 TV 앞을 떠나지 않는 날들이 많아졌다.

10층 어느 병동에서 폐렴 증상을 보이던 한 35세 남자가 메르스 의심 증세를 보여 1인실로 옮겨졌다는 소문이 돌았다. 병원 안이 금세 술렁대기 시작했다. 나도 다른 의료진도 여느 일반인들처럼 메르스에 대해 모르기는 마찬가지였다. 본 적도 들은 적도 없는 질병이라 불안감만 증폭되고 있었다. 얼마 후 마침내 그 남자의 메르스 확진 소식이 들려왔다. 세상은 온통 메르스에 대한 얘기들로 가득 차고 있었지만 정부는 메르스 발병 병원들을 공개하지 않았고 제대로 된 지침 하나 내리지 않았다. 혼란스러웠다. 몇 년 전 신종플루가 한창 유행일 때를 떠올렸다. 접촉을 주의하고 비말감염(기침, 재채기 등으로 감염되는 것)을 예방해야 했다. 내가 아는 범위 내에서 그렇게 스스로 조심하는 방법밖에는 없었다.

석가탄신일에 에크모를 연결한 50대 여성 환자의 상태가 궁금해 내과중환자실에 들렀다. 그녀는 생각보다 잘 버텨내고 있었다. 여전히 인공호흡기를 하고 있었지만 산소포화도는 90퍼센트를 넘어서 있었고 얼굴도 편안해 보였다. 그녀가 생과 사의 갈림길에서 죽음에 등 돌리고 삶을 향해 천천히, 하지만 분명한 걸음으로 오고 있다는 것을 느낄 수 있었다.

"선생님, 그 환자 얘기 들으셨어요?"

수심 가득한 얼굴로 내과중환자실 후배 간호사가 다가왔다.

"뭘?"

"메르스 확진 판정 받은 그 35세 남자 환자요. 어쩌면 중환자실로 내려올 수도 있대요."

"그 환자, 정부가 운영하는 병원으로 보내는 거 아니었어?"

"갑자기 확진 환자들이 늘어나서 다 수용할 수 없다는 말이 돈대요. 이제부터는 환자가 나오면 그 병원이 알아서 격리하라고 했다던데요. 그래서 음압 시설이 되어 있는 중환자실로 내릴 수도 있대요. 어떡하면 좋아요? 지금 엄마도 와 계시는 데…… 아무튼 그 환자 내려오면 전 그냥 병원 그만두려구요."

그녀에게는 첫돌을 앞둔, 어렵게 얻은 딸이 하나 있었고 엄마는 작년에 암 수술을 받은 뒤 항암치료 중이었다.

"너도 병원 관둬라. 너랑 나랑 설마 굶기야 하려고. 너 잘못 되면 나도 같이 죽는 거야."

간호사 딸을 둔 엄마가 하루 종일 메르스의 동태를 살피며 마음 졸이고 있었다는 것은 미처 몰랐다. 항상 딸의 직업을 자랑스러워하던 엄마의 입에서 처음으로 사직이라는 단어가 나왔다. 이미 엄마에게 메르스는 한번 걸리면 삶이 끝나는 죽음의 질병이었다. 난 아무 대답도 하지 않았다. 엄마가 자리에서 일어서려다 갑자기 다리를 절뚝거렸다.

"다리 왜 그래?"

"침대에서 내려오다가 발목을 접질렸어. 괜찮겠지 싶었는데 점점 부어서 걷지를 못하겠네."

"그러게 실내화 굽이 너무 높다니까. 사지 말라는데 사서는. 그거 그냥 갖다 버려."

"안 그래도 그래야 될 것 같아. 이제 무서워서 못 신겠다."

"너무 아프면 내일 병원으로 와. 정형외과 진료 한번 보게."

"메르스 환자가 있다며?

"그럼, 가까운 병원 아무데나 가던가."

"그건 내가 알아서 할 테니 그 메르스 환자인지 뭔지 내려오면 너도 명심하고 잘 생각해."

*

35세 남자 환자는 결국 정부가 운영하는 병원으로 이송되었다. 그에게는 15번이라는 번호가 주어졌다. 출근길에 방호복을 입은 몇 명이 그를 이송 차에 태우는 모습을 보았다. 그가 떠나자 병원에는 다시 평화가 찾아왔다. 마음 졸이던 엄마는 긴 한숨과 함께 안도의 빛이 역력한 밝은 목소리를 들려줬다. 사직 얘기도 더 이상 하지 않았다.

오후에는 감염 관리실에서 방호복을 입고 벗는 방법을 교육하고 바로 테스트를 겸한 실기를 한다는 전체 공지가 날아왔다. 15번 환자를 이송 보낸 그날 TV는 벌써 20번이 넘는 번호를 붙인 환자들을 읊어대고 있었다. 인터넷에서는 메르스 괴담이 사람들 사이로 우후죽순처럼 빠르게 번지고 있었다. 메르스 환자가 잠시 머물다 간 사실을 어떻게 알았는지 병원을 찾아오는 사람들이 눈에 띄게 줄어들고 있었다. 하지만 중환자실은 여전히 바빴다. 하루 한두 번 심폐소생술이 이어졌고 살아서는 병실로, 죽어서는 영안실로 가는 환자들로 중환자실 문이 하루에도 수십 번씩 열리고 닫혔다.

내과중환자실의 여성 환자가 마침내 의식을 찾았고 인공호흡기를 떼어냈다. 그녀의 착한 두 아들은 면회 시간마다 꼬박꼬박 그녀를 찾아왔다. 그 치열했던 죽음과의 사투에서 돌아온 그녀가 대견했고 그녀를 삶으로 끌어오기 위한 열정적인 전투에 참가한 내 자신이 자랑스러웠다.

"곧 좋아지실 거예요."

내가 건넨 말에 그녀가 살짝 미소를 지어 보였다. 메르스 환자가 다른 병원으로 이송됐으니 내일은 꼭 엄마를 병원으로 모셔와 진료를 보게 해야겠다는 생각이 들었다. 퇴근길에는 뼈에 좋다는 도가니탕을 사 가기로 했다.

허를 찔리다

더는 입원 환자가 없는 꽉 찬 중환자실은 조용했고 환자들
도 평화로운 듯했다. 그러자 간호사들에게도 나름 여유로운
시간이 생겼다. 잠시 병원 주변에 도가니탕을 잘하는 식당이
있는지 검색하고 있었다. 시간은 밤 9시가 가까워지고 있었고
밤 근무번이 속속 출근하기 시작했다.

"선생님, 선생님!!"

다급히 내과중환자실 후배가 뛰어왔다. 후배의 눈에는 눈
물이 그렁그렁 맺혀 있었다.

"어떡해요? 어떡해. 그 환자, 그 환자 메르스 의심 환자래요!"

"뭐? 누구?"

"지금 막 질병관리본부에서 전화 왔는데. 왜 그 환자요. 석가탄신일에 에크모 했던. 그 환자가 우리 병원에 오기 전에, 평택, 그 메르스가 처음 시작된 그 병원에 입원했었대요!"

"자세히 말해봐. 흥분 좀 가라앉히고. 무슨 소리야 그게?"

"아까 질병관리본부에서 전화로 다짜고짜 그 환자를 찾았어요. 상태를 물어봐서 얘기해줬더니 나중에 전화 준다고 하면서 전화를 끊더라구요. 그런데 지금 또 전화 와서 메르스 의심 환자니 빨리 격리하래요. 벌써 6일 동안이나 중환자실 한가운데에 있었는데. 선생님도 같이 있었잖아요. 어떡해요. 우리 이제 어떡하지?"

후배는 어쩔 줄 몰라 발을 동동 구르더니 급기야 울먹이기 시작했다. 급히 내과중환자실로 뛰어갔다. 중환자실이 술렁이고 있었다. 한가운데 자리하고 있던 그녀의 침대는 이미 음압 격리실 안으로 옮겨져 있었고 몇 명의 간호사들이 방호복을 입고 격리실 안에서 분주히 움직이고 있었다.

"어떡해요. 나 오늘 집에 못 들어갈 것 같아요. 내가 걸렸으면 어떡해. 우리 가족은. 어디서 묵지? 여관에 가야 하나?"

"아직 확진 판정이 난 것도 아니니까, 혹시 누구 열 나거나 기침하는 사람은 없지? 검사는? 질병관리본부에서 지금 나온대?"

"그런 말은 없었어요. 우선은 당장 격리만 하래요."

"그럼 나올 거야, 밤늦게라도 나오겠지. 우선 애들한테 N95 마스크는 다 쓰고 있으라고 해."

내과중환자실과 연결된 외과중환자실 모든 간호사들에게 당장 N95 마스크를 착용하도록 했고 손을 더욱더 자주 씻으라는 당부를 했다. 하지만 그것 외엔 메르스를 어떻게 다뤄야 하는지는 나도 몰랐다. 한 번도 만나본 적 없는 질병이었다. 어쩌면 메르스가 바로 코앞에 와 있을지도 모르는데 할 일들이 떠오르지 않자 당황되기 시작했다. 질병관리본부에서 메르스에 대해 잘 알고 대처할 방법을 가르쳐줄 사람들이 빨리 왔으면 하는 마음이 간절했다. 우선 며칠 전 감염 관리실에서 나눠준 방호복들을 전부 꺼내 놓았다. 혹시 모를 상황에 대비할 필요가 있었다.

밤 10시 퇴근 시간이 되도록 질병관리본부에서는 전화가 없었다. 언제 방문하겠다는 말도 없었다. 그녀는 분명 호전되고 있었다. 호전을 보인다는 것은 혹시 메르스에 감염됐더라도 바이러스가 어느 정도 힘을 잃었다는 희망적인 사인이다. 잠복기는 14일이었다. 이제 6일째였다. 난 그녀가 처음 들어온 날 치열한 전투를 같이 치르던 의료진들의 얼굴들을 하나하나 떠올려봤다. 하지만 그녀를 둘러쌌던 그 많은 의료진과 환자 중 누가 걸렸어도 아직은 증상이 발현되지 않을 시기였다.

어느 것도 확실하지 않았다. 머릿속이 복잡해지기 시작했다. 미소 짓던 그녀의 얼굴이 이제는 어리둥절한 표정을 짓고 있었다. 전혀 예상치 못한 곳에서 메르스가 허를 찌르며 다가오고 있었다.

퇴근 시간을 넘기고 혹시 모를 연락을 기다렸지만 질병관리본부에서는 더 이상 아무런 소식도 전해오지 않았다. 밤 근무 간호사들에게 N95 마스크를 절대 벗지 말라고 다시 한번 신신당부하고 퇴근길에 올랐다. 운전하는 내내 그녀의 행적을 꼼꼼히 되짚어봤다.

평택에 살고 있던 그녀는 메르스 첫 번째 환자와 비슷한 시기에 그 병원에 입원했다. 무사히 퇴원한 후 며칠은 가족들과 가까운 곳에 소풍도 다닐 만큼 상태가 좋았다. 석가탄신일 전날 밤에는 힘이 없다고 잠자리에 들었고 석가탄신일 오전부터는 갑자기 숨을 쉬지 못하다가 의식을 잃었다고 했다. 만 하루도 안 된 시간 사이에 메르스는 그녀를 사경에 빠뜨렸다. 메르스는 이제껏 내가 만나온 질병과는 분명히 뭔가가 달랐다. 어느 순간 바이러스가 분명 내 몸에도 들어왔음을 확실히 느낄 수 있었다.

신호등을 보고 차를 멈췄다. 그런데 옆의 다른 차들은 신호를 무시한 채 달렸다. 뒤에서 오던 차가 심지어 내게 손가락질을 하며 욕설을 퍼붓더니 쌩하며 옆으로 지나쳤다. 하지만 내게는 아무런 말도 들리지 않았고 그 모든 게 그림처럼 지나가는 풍경에 불과했다. 고개를 들어 보니 내 앞의 신호등은 파란색이었다. 그제야 한 블럭 멀리 있는 신호등을 보고 내가 멈춰섰음을 알게 되었다. 다시 출발하려고 가속 페달을 밟자 갑자기 신호등의 색이 바뀌었다. 그 자리를 빨리 벗어나고 싶었지만 이번에는 바뀐 신호등이 내 발목을 잡았다. 불길한 마음이 내 안에 불길처럼 번지고 있었다. 결국 그날은 도가니탕을 사가지 못했다.

다음 날도 오후 근무였다. 지난밤에는 엄마에게 별다른 말을 하지 않았다. 엄마와 대화를 나누지 않았고 바로 내 방으로 들어와 문을 닫았다. 다만 거실에 오래 있던 엄마에게 빨리 방으로 들어가라는 잔소리를 몇 마디 했을 뿐이다. 다음 날도 엄마가 미처 따라 나오기 전에 서둘러 집을 나섰다. 불확실한 이 상황이 너무 싫었다. 이제 출근하면 모든 것이 확실해져 있을 것이다. 출근길 내내 밤사이 질병관리본부에서 사람들이 나오고 불확실한 것들을 정리해놨을 거라며 스스로를 안심시켰다. 나라에서 하는 일이니 빈틈이 없을 거라 믿었다.

생이별

병원에 들어선 시간은 오후 2시였다. 응급실 앞은 한산했고 늘 붐비던 병원 주변으로는 사람이 하나도 보이지 않았다. 지상 주차장 한쪽 구석에 발열 환자를 따로 진료하기 위한 천막들이 들어서고 있었다. 이제 여기도 TV 속 병원처럼 전체가 방호복으로 변해갈지도 모른다. 옷을 갈아입고 내과중환자실부터 둘러봤다. 하지만 기대와 달리 아무것도 달라진 게 없었다. 병원 관계자 몇 명이 격리실 안의 그녀를 들여다보며 이 날벼락 같은 소식에 안절부절못하고 있었고 음압격리실 안에 누워있는 그녀도 어제의 모습 그대로였다.

"질병관리본부에서 사람이 나왔니?"

"아니요, 아직."

"그럼 검사는 나갔지?"

"그것도 아직."

"뭐? 그럼 여태까지 그냥 보고만 있었다고?"

"네, 갑자기 메르스 환자가 늘어나니까 거기도 정신이 없다고 한 3시쯤에나 방문하겠다고 했대요."

대체 나라를 맡고 있다는 사람들은 정신이 있는 사람들인가. 그들이 환자의 행적조차 제대로 파악하지 못한 사이 어쩌면 중환자실 환자와 의료진들은 6일간이나 메르스에 무방비로 노출되었을지도 모르는 상황이었다. 환자와 의료진을 모두 합치면 80명이 넘었다. 전부가 감염됐을지도 모르는 이런 위급한 상황에서도 그들은 사태의 심각성을 모르고 있었다. 갑자기 밀려오는 실망과 함께 어디서부터 믿음이 깨지고 있는지 도무지 갈피를 잡을 수가 없었다.

오후 3시가 되자 낯선 남자 하나가 중환자실에 들어왔다. 하지만 그는 전문가가 아니었다. 무엇을 해야 할지 모르는 모습이 역력했다. 무엇보다 검사를 위한 검체 채취가 빨리 이루어져야 했지만 그는 여유롭게 중환자실을 둘러보고는 병원 측과의 대책 회의를 위해 다시 사라졌다. 문득, 그에게서는 아무것도 기대할 수 없을 것이라는 불안한 생각이 들었다.

대책 회의는 지루하게 이어졌다. 중환자실 안에는 팽팽한 긴장의 기운이 맴돌았다. 갑자기 내과중환자실이 또다시 소란스러워졌다. 부산하게 뛰어다니는 여러 개의 묵직한 발걸음 소리에 중환자실 전체가 요동치고 있었다. 격리실 안에서 심폐소생술이 진행되고 있었다. 호전되는 것처럼 보이던 그녀가 갑자기 다시 호흡부전을 일으켰고 상태는 처음 온 날처럼 긴박하게 돌아가고 있었다.

이미 격리실 안은 방호복으로 무장한 의료진들로 가득 차 있었다. 그들은 모두 다급하게 그녀에게 달려들고 있었다. 좁은 공간 안, 격리실의 그녀는 사라진 채 흰색의 방호복들만 둥둥 떠다니는 듯 보였다. 방호복을 입은 간호사 한 명이 그녀의 몸 위로 올라 힘껏 심장을 누르고 있었다. 보호 안경은 이미 습기로 가득 차 있었고 그 위로 땀이 떨어지고 있었다. 언제 왔는지 질병관리본부 직원이 격리실 밖에 모여든 의료진들 사이로 격리실 안을 빼꼼 들여다보고 있었다. 그제야 심폐소생술 중인 그녀에게서 다급히 검체가 채취되었다.

두 번째 생사를 넘나들던 그녀는 첫 번째와 달리 이번에는 삶에 등을 돌리고 죽음을 향해 걸어가고 있었다. 다시 그녀의 발길을 돌리려는 노력이 이어졌지만 그녀는 끝내 돌아오지 못했다.

검체를 받아든 질병관리본부 직원은 또다시 슬그머니 사라졌다. 검사 결과가 나올 때까지 그녀에게 접근 금지령이 떨어졌다. 이내 격리실 안팎의 사람들은 각자 맡은 일을 위해 다시 흩어졌다. 많은 죽음들을 보아왔지만 그녀의 죽음은 믿지 못할 만큼 너무도 급작스러웠다. 아무도 접근이 허락되지 않은 격리실에 홀로 남겨진 그녀의 모습은 지금까지 본 다른 죽음과도 달랐다. 살아서도, 죽어서도 갇혀 있어야 한다는 현실이 너무 시리도록 아프게 다가와 한참 동안 그녀 곁을 떠날 수가 없었다.

오후 4시가 가까워지는 시간이었다. 처음에는 밀린 검체들 때문에 검사 결과가 이틀 정도 걸린다는 말이 들려왔다. 이미 내 믿음은 깨졌고 이젠 실망을 넘어 점점 분노로 바뀌어가고 있었다. 사망한 그녀를 이틀이나 격리실에 남겨둘 수는 없었다. 그건 병원도, 그리고 그녀와 가족에게도 잔인한 일이었다. 강력한 항의가 이어졌고 마침내 그녀의 검사 결과가 새벽에 나온다는 답변을 받았다는 소식이 병원에 퍼졌다. 사람들은 "메르스다", "메르스일 리 없다" 서로 설전을 벌이기도 했으나 시간이 지날수록 점점 말이 없어졌고 표정은 어두워져갔다.

어떻게 알았는지 병원 주변은 이미 뉴스 차량들이 둘러싸고 있었고 차량에서 쏟아져 나온 기자들이 발 빠르게 병원 안을 헤집고 다녔다. 그 무엇도 확실한 게 없던 밤이었다. 불안감에 휩싸인 사람들 사이로 어디서 들려오는지도 모르는 소식들이 입과 입을 통해 내 귀에도 들려오고 있었다.

밤 11시가 넘어가던 시각, 그녀는 결국 메르스 확진 판정을 받았다. 그리고 우리나라 최초의 메르스 사망자로 기록되었다. 믿을 수가 없었다. 모든 게 거짓말처럼 느껴지던 그 순간, 중환자실 안에서는 장성한 두 아들의 통곡이 울려 퍼졌다.

"오빠한테 전화해놨어. 이모한테두. 그러니 내일 아침에 오빠 오면 대구 이모 집으로 가."

그녀가 확진 판정을 받은 혼란스럽던 그날 밤, 도가니탕을 엄마 앞에 놔두고 나는 마스크를 쓴 채 멀찌감치 떨어져 앉았다. 아직 다리가 부어 있어서 여전히 절뚝거리던 엄마는 도가니탕에는 손도 대지 않은 채 마치 딸이 메르스라도 걸린 것처럼 울먹였다.

"난 여기 있을란다. 죽어도 같이 죽고 살아도 같이 살아야지."

엄마는 마치 죽음을 앞둔 독립운동가처럼 비장한 목소리로 말했다. 갑자기 나 자신에게 화가 치밀기 시작했다. 엄마는 오랜 당뇨를 앓고 있었고 다리까지 다쳐서 지금은 제대로 걷지도 못했다. 무엇보다 내가 나도 모르게 이 가여운 엄마를 죽음으로 몰고 갈 수도 있다는 사실에 몸서리가 쳐지기 시작했다. 고이기 시작한 눈물은 이제 조절할 수 없을 정도로 터져 나왔다.

그녀는 그 새벽, 그 어떤 따스한 손길도, 배웅도 받지 못하고 비닐에 꽁꽁 묶인 채 정체 모를 사람들에게 둘러싸여 황급히 중환자실을 빠져나갔다. 그녀의 마지막 모습이 분명 나 자신이나 혹은 엄마가 될 수도 있다는 상상은 이제 너무도 선명하게 다가와 있었다. 눈물로 밤을 샌 설득 끝에 마침내 엄마도 마지못해 허락했다. 뜬금없이 엄마를 대구로 모시고 내려가기를 청하는 동생의 부탁을 흔쾌히 들어주던 오빠는, 하지만 끝내 집안으로는 들어오지 않았다. 메르스는 가족 사이도 그렇게 어색하게 만들었다. 하지만 서운해할 수도 원망할 수도 없었다. 오빠가 기다리는 지하 주차장으로 절뚝거리며 내려가는 엄마에게 조용히 두 개의 마스크를 건넸다.

코호트 격리

그녀가 떠난 후에도 병원은 여전히 혼란스러웠다. 낯선 감염성 질병의 첫 사망 환자였기에 전례가 없었고 정확한 지침도 없었다. 질병관리본부는 결과만 발표하고 마치 손을 놓아버린 듯했다. 병원에서 대책 회의가 시작되었다. 나를 포함한 중환자실의 모든 의료진들은 자기도 모르는 사이 자가 격리 대상자가 되어 있었다. 중환자실에는 아직 36명의 중환자들이 남아 있었고 그들도 모두 격리 대상자들이었다.

처음에는 메르스에 노출된 의료진들을 모두 자가 격리 조치하고 남아 있는 중환자들을 모두 주변 병원에 전원시키는 방법이 논의되었다. 하지만 그 어떤 병원에서도 메르스 첫 사망 환자와 함께 있었던 환자들을 받아주겠다는 답변은 보내오지 않았다. 그러자 이번엔 이제까지 돌보던 중환자실 의료진들을 대신해 병원 내 다른 의료진들에게 환자들을 보내는 방법이 논의되었다. 하지만 특수한 환경의 중환자를 본 적 없는 의료진들에게 2주간이나 맡기는 것도 위험했다. 그들은 환자에 대한 정보가 전혀 없었고 중환자실 일은 일반 병동과 많이 달랐다.

이제 방법은 하나밖에 없었다. 6일간 메르스에 동시 노출된 의료진들과 중환자들이 함께 중환자실에 남는 것. 결국 우리는 우리가 돌보던 환자들과 함께 중환자실에 남는 방법을 선택했다. 같은 질병끼리 묶는다는 '코호트 격리'가 결정되자마자 중환자실 문이 굳게 잠겼다.

중환자실에 있던 모든 의료진들과 중환자 36명은 모두 순식간에 같은 질병 메르스로 묶였다. 아무도 이의를 제기하지 않았다. 그것만이 유일한 방법임을 우리 모두가 알았다. 메르스라는 말만 나와도 호들갑을 떨던 그전과는 달리 막상 메르스가 눈앞의 현실로 다가오자 그 누구도 동요되지 않았다. 두려워할 시간이 없었다. 모두에게 같은 목표가 생기자 일은 일사불란하게 진행되었다. 중환자실 간호사들이 14일간 자유로울 수 있는 곳은 오직 자신의 집과 중환자실뿐이었다. 직원 식당을 이용할 수 없으니 식사 때면 도시락이 자동문으로 전달되기 시작했고 중환자 가족들의 하루 두 번 면회도 전면 금지되었다. 빨리 적응해야 했다. 중환자실은 병원 안에 있었지만 병원 안의 그 누구와도 접촉이 금지된 철저히 외로운 섬이 되어가고 있었다.

메르스는 보통 14일간의 잠복기를 갖기 때문에 증상이 없는 많은 중환자실 의료진과 36명의 중환자 중 누가 걸렸는지는 아무도 몰랐다. 재채기나 기침 같은 작은 침방울로 감염이 되는 질환이기에 중환자실 내에서는 우선 N95 마스크를 모두가 의무적으로 착용하도록 했다. 특히 접촉이 많은 간호사들에게는 화장실에 갈 때도 벗지 않도록 매 근무 때마다 주의를 줬다. 메르스는 접촉 주의에 해당하는 질병이었다. 환자와 접촉할 때는 기본적으로 일회용 가운을 착용했고 비말 감염의 우려가 있는 가래 등을 뽑을 때는 반드시 방호복을 착용하도록 했다. 하루 일과는 출근과 퇴근 때 반드시 메르스 증상 중 하나인 열을 쟀고, 열이 나는 환자들이 있는지 확인하고 나서야 일을 시작했다. 메르스 바이러스는 중환자실 내 그 어느 곳에도 살아 있을 수 있었다.

나는 주로 중환자실을 소독하는 일로 하루를 시작했다. 중환자실 바닥을 락스를 희석한 물로 소독했고 의료진이나 환자의 손이 닿을 수 있는 전화기, 자판, 모니터, 침대, 응급 카트 등 그 어떤 곳도 빼놓지 않고 매일 소독약으로 닦아내기 시작했다. 병원 감염관리실에서는 매일 새로운 지침들을 내려보냈다. 우리는 그 지침을 서로 공유하며 충실히 하나하나 이행해 나갔다. 그렇게 병원 안의 외로운 섬 중환자실에서는 환자들을 끝까지 지켜내기 위한 메르스와의 전쟁이 시작되었다.

병원 일을 끝내고 퇴근해서도 자가 격리자의 생활이 이어졌다. 일반 마스크를 쓰고 그 누구와도 마주치지 않도록 중환자실 직원 외 사용이 금지된 엘리베이터나 계단을 이용해 지하 3층 주차장에 세워놓은 차로 출퇴근을 했다. 바로 집으로 돌아오면 TV를 틀어놓고 메르스에 관련된 소식을 들으며 텅 빈 집에서 남은 하루를 보냈다. 석사 과정에 있던 임상 실습도 갑자기 취소되었다. 메르스가 발생한 병원에 다니는 대학원생을 실습 장소로 들여놓으려는 곳은 아무 데도 없었다. 논문을 지도해줄 교수와의 미팅도 잡을 수 없어 한참 열을 내며 준비하던 석사논문에서도 손을 놓았다. 마치 세상이 갑자기 멈춘 것만 같았다. 메르스 공포의 끝이 어디인지 갈피를 잡을 수 없는 날들이 이어지고 있었다.

세상이
마음을 닫다

N95 마스크로 눌린 얼굴 피부에 발진이 생기기 시작했다. 비닐로 된 가운 안으로 배출되지 못한 땀이 계속 차올라 무게를 견디지 못해 발목 아래로 흐르고 있었다. 다른 간호사들도 마찬가지였다. 온몸이 젖고 쓰렸지만 일하는 동안은 벗을 수 없었다.

병원에는 더 이상 진료를 보러 오는 환자도 입원 환자도 없었다. 텅 비기 시작한 병동들이 늘어가자 일부 병동 간호사들에게 어쩔 수 없이 연차가 주어졌다는 소식이 들려왔다. 하지만 중환자실은 오지도 가지도 못하는 36명의 환자들이 여전히 남아 있었고 우리는 오히려 더 바빠지고 있었다. 수술 등의 모든 치료와 시술, 검사들이 전면 중단되었다. 병원이 병원의 기능을 완전히 잃은 상태였다. 격리 기간 동안만큼은 모든 중환자들을 적어도 지금 현재 상태로 유지시켜야 했다. 누군가 갑자기 상태가 나빠진다면 제대로 손도 한번 써보지 못할 것임을 모두가 잘 알고 있었다. 평소보다 더 세밀하고 더 정밀한 보살핌이 요구되었다.

혈압이 높아 뇌출혈이 생긴 환자에게는 터진 뇌혈관이 다시 터지지 않도록 더욱 철저한 혈압 관리가 필요했고, 격리 기간 뒤로 수술이 미뤄진 골반과 다리뼈가 틀어진 교통사고 환자는 격리 기간만큼은 다친 뼈들이 더 틀어지거나 손상되지 않도록 수시로 확인하고 고정해줘야 했다. 이 모든 일을 N95 마스크와 방호복을 착용한 채로 해야 했기에 일이 평소보다 몇 배는 더 힘들었다. N95 마스크는 큰 숨조차 한번 맘껏 들이마시지 못할 정도로 죄여왔고 날숨이 제대로 나가지 못해 머리가 자주 어지러워지곤 했다. 일체형으로 된 방호복은 입고 벗기가 불편해 화장실을 참던 간호사들은 많은 땀을 흘리면서도 되도록 물을 마시지 않았다. 입이 바짝 마를 때쯤 겨우 입술을 조금 적시거나 식사 시간이 될 때까지 버텼다. 식사 시간이 되면 교대로 방호복을 완전히 벗고 소변 등을 해결했고 땀에 전 옷을 갈아입은 뒤 다시 새 방호복으로 갈아입었다. 처음에는 입고 벗는 순서를 모두 외워야 했던 낯선 방호복도 점차 익숙해지기 시작했다.

하루는 난데없이 밖에서 고성이 들려왔다. 후배 간호사가 하얗게 질린 얼굴로 돌아왔다. 밖에는 마스크를 쓴 어느 환자의 건장한 남자 보호자가 잠긴 중환자실 문 앞에서 연신 삿대질을 하며 소리를 지르고 있었다. 정부에서는 메르스 발생 병원을 공지하지 않았지만 어쩐 일인지 사람들은 모두 알고 있었다. 중환자실 유리문을 사이에 두고 그는 멀찌감치 떨어져 있었지만 병원 전체를 울리고도 남을 목청을 가지고 있었다. 면회가 전면 금지되었다는 공지를 보고 그는 분통을 터뜨렸고 마치 면회를 못하게 된 것이 모두 의료진의 탓인 것처럼 몰아세우고 있었다.

"그러니까 그런 환자는 애초에 받지를 말았어야지! 너네들 때문에 우리 어머니도 못 보고 말야. 우리 어머니 어디 잘못되기라도 하면, 그때는 내 손에 다 죽을 줄 알아!!"

중환자실로 돌아오자 이번에는 근무 책임자를 찾는 다른 보호자의 전화가 기다리고 있었다. 전화를 건 보호자는 자신의 아버지를 다른 병원으로 전원시키고 싶다고 말했다. 격리가 끝나려면 아직도 일주일이 남은 상태였다. 지금 현재 상황을 충분히 설명했지만 그녀의 말투에서는 이미 혐오의 기운이 물씬 피어오르고 있었다.

"내가 모를 줄 알아? 그 병원, 메르스 첫 사망자 나온 데잖아? 아주 소문이 쫙 퍼졌더구만. 그 병원 안에 떠다니는 메르스를 당신들이 다 죽일 수나 있겠어? 그러면 진작 병원 문을 닫았어 야지. 양심도 없는 사람들 같으니라고. 그래놓고선 뭘 잘했다고 말이 그렇게 많아? 아무튼 그런 더러운 병원에 우리 아빠 더는 둘 수 없으니까 옮겨. 옮겨놔!!"

*

우울한 점심이었다. 땀에 전 방호복을 벗자 시큼한 땀 냄새 가 올라왔다. 메르스 사망자가 발생하자마자 병원 주변의 모 든 어린이집과 학교들이 일제히 휴교에 들어갔다. 출퇴근하 며 바라본 병원 안에는 직원들만 간간히 보였고 날이 갈수록 병원 주위는 사람 하나 없는 유령 도시처럼 변해가고 있었다. 오전에는 메르스와 관련 없는 일반 병동에서 일하던 한 신규 간호사의 부모가 딸을 강제로 끌고 집으로 데려갔다는 소식 을 들었다. 어느 열성적인 젊은 교수는 아파트 단지 내 사람들 이 자신들을 손가락질한다는 말을 아내에게서 전해 듣고 병원 을 떠나고 싶다며 한숨을 지었다. 어느 병동 간호사는 어린이 집에서 갑자기 연락이 와 서둘러 갔더니 이제 겨우 세 살 된 자신의 딸과 딸의 짐들을 고스란히 어린이집 밖에 내놓고 어린이집 문을 꼭 잠가놨더라는 말을 들었다. 세상이 점점 상식 밖으로 돌아가고 있었다. 지금 내가 가는 이 길이 정말 옳은 길일까? 점차 회의감이 밀려오기 시작했다.

비난의 화살

아니나 다를까 내내 부어 있던 엄마의 발은 금이 가 있었다. 중환자실과 집 안에만 묶여 지내느라 엄마에게 용돈조차 보내지 못하고 있었다. 무거운 마음에 죄송한 마음까지 더해지자 가슴이 짓눌린 듯 답답해졌다. 방금 병원에서 깁스를 하고 왔다는 엄마의 전화 수다가 길어졌다.

"이모랑 아까 마트에 갔는데 말야……."

"다리가 그런데 마트는 왜 가? 그냥 집에 있지."

"집에만 있기가 하도 답답해서 목발 짚고 갔지. 근데 글쎄 이모가 재채기를 했지 뭐냐?"

"재채기?"

"그런데 어떤 일이 있었는 줄 아니? 이모 재채기 한 번에 순식간에 사람들이 쫙 흩어지는데 아주 가관이 따로 없더라."

"이모, 감기 기운 있어? 열은? 엄마는 괜찮아?"

순간 가슴이 철렁 내려앉았다. 대구에는 아직 메르스 환자가 발생하지 않았을 때였다. 엄마는 우스갯소리를 하고 있었지만 나는 전혀 우습지가 않았다.

"아니, 그냥 재채기만 한 거야. 나도 이모도 아주 멀쩡해."

"사람들 많은 곳에 갈 땐 마스크 꼭 쓰고 다녀."

"어, 근데 마스크가 없어."

"마트에 없어?"

"안 그래도 몇 장 사려고 갔는데 다 떨어졌대. 약국에도 없고."

너도 나도 마스크를 사재기하는 바람에 시내 어디에서도 마스크를 구할 수 없다는 뉴스는 사실이었다. 틀어놓은 TV 속 뉴스들은 매일 새로 발생한 메르스 환자 수와 격리 대상자 수를 보도하는 것으로 시작하고 있었다. 서울의 한 대형 병원에서 감염자가 무더기로 쏟아져 나왔다는 소식과 함께 뉴스 앵커는 그 원인으로 지목된 14번 환자를 '슈퍼 전파자'라는 낯선 단어를 조합해 부르고 있었다. 그 환자와 접촉한 어느 의사에게는 35번이라는 번호가 주어졌고 증상 발현 전 어느 세미나에 참석한 사실이 알려지면서 비난의 화살이 일제히 그를 향했다. TV에서는 그가 그날 하루 동안 움직인 동선을 지도 위에 하나하나 꼼꼼히 표시해가며 보도했고, 의료인으로서 그의 행동을 못마땅하게 여기는가 싶더니 급기야는 의료진 전체에 대한 원망의 목소리들을 내뱉기 시작했다.

나는 더 이상 TV를 볼 수 없어 꺼버렸다. 인터넷에 올라온 메르스 관련 기사에는 어김없이 수많은 댓글들이 달려 있었고 전체 의료진을 비난하는 글들이 꼬리에 꼬리를 물었다. 메르스 전파가 병원 의료진의 미흡한 대처 때문이라는 데 많은 사람들이 동감하면서 우리를 헐뜯었다.

분노가 이글거리는 눈빛으로 병원이 떠나갈 듯 고함을 지르던 어느 환자의 아들, 경멸이 가득한 목소리로 날카로운 말들을 내뱉던 어느 환자의 딸이 떠올랐다. 격리되어서라도 끝까지 환자들을 지키겠다는 굳은 의지가 갑자기 '뚝' 소리를 내며 허무하게 부러지고 있었다. 지금 하고 있는 모든 일들이 무모해 보이기 시작했고 바보가 된 것처럼 느껴졌다. 온몸에 힘이 빠지면서 알 수 없는 배신감이 차오르기 시작했다. 그날, 부지런히 걷고 있던 내 길은 갑자기 끊어져버렸고 나는 그 길 한가운데 서서 어디로 가야 할지 허둥대고 있었다.

간호사의 편지

　새벽 4시에 저절로 눈이 떠졌다. 밤새도록 악몽에 시달린 고단한 밤이었다. 격리된 지 어느덧 열흘이 지나고 있었지만 날짜를 세는 일에는 무뎌져 있었다. 메르스 공포는 불길처럼 온 세상에 널리 퍼져 꺼질 줄 모른 채 활활 타오르고 있었다. 매일 뉴스와 인터넷에서 쏟아져 나오는 얘기들은 내가 하는 일에 대한 자부심을 갉아먹고 회의감만 남겨놓았다.

　'격리가 끝나도 사람들은 변함없이 공포에 떨 것이다. 나는 지금 아무런 의미도 없는 일을 하고 있다.'

　아직 해가 뜨지 않은 새벽은 서글픔으로 가득했다. 가로등 아래로 가느다란 비가 흩날렸다. 커피를 즐기지 않았지만 엄마가 즐겨 마시던 커피를 내렸다. 잠이 더 올 것 같지도 않았다. 이미 마음은 새벽부터 아무렇게나 흩어져 있는 생각들로 복잡했다. 용기가 더 필요했다. 남들이 뭐라고 해도 끝까지 내 길을 가야 함을 나는 알고 있었다. 하지만 점점 자신이 없어졌다. 나도 다른 사람들처럼 두려웠고 숨고 싶었다. 두 마음이 마치 살아 있는 짐승처럼 내 속에서 뒤엉켜 뒹굴고 있었다. 식은 커피 잔을 손에 들고 한 손으로 휴대폰 메모장을 열었다. 노트북을 켜거나 일기장을 펼칠 시간도 없었다. 뒤엉켜 엉망이 된 마음을 당장 글로 풀어내야 했다.

매일 겪는 일들과 다짐을 누군가에게 얘기하듯 한 글자 한 글자 적었다. 많은 생각들이 스쳐 지나갔고 지금까지 만났던 많은 환자들이 떠올랐다. 마음속의 말들을 다 털어놓자 뒤엉킨 생각들이 정리되면서 점점 형체가 보이기 시작했다. 아직 해가 떠오르지 않은 새벽, 휴대폰 메모장에 기록한 그날의 일기는 주저앉은 나를 다시 일으켜 세워주었다.•

• 저자가 처음 일기로 쓴 글은 다음 날인 2015년 6월 11일 간호사의 하루 일과를 시간대별로 적은 짧막한 기록과 함께 언론사에 전달되었다. 이 글들은 2015년 6월 12일 《중앙일보》 1면에 "저승사자 물고 늘어지겠습니다. 내 환자에게는 메르스 못 오게"라는 제목으로 게재되면서 '간호사의 편지'로 세상에 알려졌다. 이 책에는 저자가 처음 적은 '간호사의 하루'와 신문에 실린 '간호사의 편지'를 나누어 실었다. – 편집자

간호사의 하루

— 새벽 5시 30분

중환자실에서 첫 번째 메르스 사망 환자가 나오면서 격리
대상자로 지정된 지 어느덧 열흘째. 하지만 남은 중환자들을
돌봐야 하기에 서둘러 병원 출근을 준비합니다. 출근 전 늘
따뜻한 차를 보온병에 담아주시던 엄마는 제가 격리 대상자로
지정되던 날, 지방에 계시는 이모님 댁으로 내려갔습니다.

— 아침 6시 20분

휑한 집을 나서자마자 마스크를 씁니다. 제가 마스크를 벗을 수
있는 시간은 오로지 집에 있을 때뿐입니다. 그나마 숨을 조여
오는 N95 마스크보다는 훨씬 낫다며 스스로 위안을 삼습니다.
경비 아저씨는 얼마 전까지 마스크를 쓴 저를 이상하게
보더니 메르스로 전국이 시끄러운 지금은 별로 대수롭지 않게
여기시는 것 같습니다.

— 아침 6시 40분

병원 도착. 메르스 확진 환자가 나온 이후로 병원은 긴장감이
넘칩니다. 사람들로 북적대던 병원은 이제 개미 한 마리 찾기

어려운 곳으로 변했습니다. 지하 주차장 구석에 차를 대고
마스크를 꼭 누른 채로 서둘러 비상계단으로 향합니다. 격리가
끝날 때까지 병원 내에서 자유롭게 다닐 수 있는 유일한 곳은
중환자실뿐입니다. 들어오자마자 안도감이 들지만, 그것도
잠시, 이제 열을 재고 숨을 조여오는 N95 마스크와 보호 장구를
착용해야 할 시간입니다.

— 아침 7시

N95 마스크와 가운과 장갑까지 쓰고 나면 제일 먼저 소독을
시작합니다. 특히 의료진이 자주 만지는 컴퓨터와 전화기는 더
신경 써야 합니다. N95 마스크가 닿은 자리가 빨갛게 올라와
가렵습니다. 비닐로 된 가운 안엔 어느새 땀이 차기 시작합니다.

— 아침 8시

급성호흡부전으로 입원했던 환자는 6일간 중환자실에서
치료를 받았고, 사망 후에야 메르스 확진 판정을 받았습니다.
무방비로 메르스에 노출된 남은 중환자들을 돌볼 수 있는
사람들은 그때 같이 노출된 의료진들밖에 없었습니다. 고심
끝에 의료진도 같이 격리되는 코호트 격리를 선택했습니다.
14일간 우리는 중환자실 안에서 환자들과 함께 격리될
예정입니다. 다행히 모든 환자와 의료진은 2차까지 모두 음성이

나왔지만 얼마 전 잠복기가 끝나는 2주째에 증상이 발현했다는
한 환자를 떠올리며 느슨해진 긴장의 끈을 다시 바짝 당겨
잡습니다.

— 아침 9시~12시

평상시와 같은 중환자실 일상이 시작됩니다. 매 시간마다
활력징후와 소변량을 체크하고 처방을 받고 주사를 줍니다.
의식 없는 환자는 위관으로 음식물을 주고 먹는 약도 곱게
물에 개어 위관으로 투여합니다. 인공호흡기를 하고 있는
환자의 가래를 뽑고 구강 간호를 합니다. 보호 안경에는 하얗게
김이 서리고 불편한 보호 장구 때문에 업무가 평상시보다
늦어집니다. 서둘러 욕창 예방을 위해 누운 자세를 바꿔주고
환자복을 갈아입힙니다. 자리 정리가 대충 끝나가면 이번엔
전화를 받느라 분주해집니다. 점심과 저녁, 매일 20분간의
보호자 면회를 전면 금지한 후 걸려오는 보호자들의
전화입니다. 주치의가 전화로 치료 계획과 상태를 일일이
전화로 알려줍니다. 늘 쾌활하던 한 여자아이가 갑자기 울기
시작합니다. 교통사고로 큰 수술을 세 번이나 한 그 아이는
남자친구와 사귄 지 한 달 됐습니다. 면회 금지 후 매일
찾아오던 남자친구와 가족을 만나지 못해 부쩍 우울해하는
아이를 위해서 전화를 연결해주기로 했습니다.

— 낮 12시

초인종 소리에 모니터를 들여다보니 문 밖에 영양과 직원이 서 있습니다. 벌써 점심시간인가 봅니다. 보호 장구를 착용한 채 누구 하나 굶지 않게 도시락 개수를 하나하나 확인하며 받고 나면 다시 자동문이 닫힙니다. 중환자실에서 근무해오는 동안 직원 식당에서 밥을 먹어본 게 손에 꼽을 정도였습니다. 바빠서 갈 수 없는 날이 많았지만 지금은 가고 싶어도 갈 수 없다는 생각에 문득 서글퍼집니다.

— 오후 2시

인계 준비 중 한 할아버지 환자를 지금 당장 다른 병원으로 전원하겠다는 보호자의 전화가 왔습니다. 보호자에게 코호트 격리 때문에 잠복기가 끝나는 2주까지는 전원이 되지 않음을 설명하자 갑자기 욕설을 퍼부으며 따지듯 말합니다. 거기서 메르스 환자가 나왔으니 중환자실을, 더 나아가 병원을 폐쇄해야 하는 것 아니냐고. 순간, 그동안 참고 있던 서러움이 왈칵 밀려듭니다. 더 이상 감염자가 없도록 하겠다는 의지가 툭 소리를 내며 꺾이는 소리가 들립니다. 땀이 찬 무릎에 힘이 빠집니다. 마치 죄인이 된 기분입니다.

— 오후 4시

오후 근무자에게 메르스에 관한 최신 지침을 하나도 빠짐없이
인수인계합니다. 인수인계의 반이 메르스에 관한 내용입니다.
환자의 보호자가 화를 낸 사실을 인계하자 후배 간호사들의
눈빛이 어둡습니다. 나중에서야 지난 저녁에도 똑같은
내용으로 전화를 했고, 자세한 설명에도 불구하고 욕을 하는
통에 한동안 애를 먹었다는 사실을 알았습니다.

— 오후 5시

이제 퇴근을 준비합니다. 열을 재고 이상 없음을 확인한 뒤
출근 때와 마찬가지로 아무도 다니지 않는 비상계단을 통해
주차장으로 내려갑니다. 차에 오르는 순간, 이모님 댁으로
내려간 엄마에게 용돈을 부치지 못한 사실을 깨닫습니다.
은행에 가야 하지만 퇴근과 동시에 저는 간호사에서 격리
대상자로 바뀝니다. 이제는 집으로 바로 가야 할 시간. 격리가
해제되는 14일이 빨리 왔으면 좋겠습니다.

간호사의 편지

저는 전국을 뒤흔들고 있는 메르스라는 질병의 첫 사망자가
나온 한림대 동탄성심병원 중환자실 간호사입니다.

제 옆에 있던 환자도, 돌보는 저 자신도 몰랐습니다. 좋아질
거라는 희망을 가지고 매일 가래를 뽑고 양치를 시키던 환자는
황망히 세상을 떠났고, 나중에야 그 환자와 저를 갈라놓은
게 생전 들어보지도 못한 이름의 병이라는 걸 알았습니다.
심폐소생술 중 검체가 채취됐고, 그녀는 사망 후에도 한동안
중환자실에 머물러야만 했습니다. 그녀를 격리실 창 너머로
바라보며 저는 한없이 사죄해야 했습니다.

의료인이면서도 미리 알지 못해 죄송합니다. 더 따스하게
돌보지 못해 죄송합니다. 낫게 해드리지 못해 죄송합니다.

20년간 중환자를 돌보며 처음으로 느낀 두려움, 그리고
그 두려움조차 미안하고 죄송스럽던 시간들. 같은 공간에
있었다는 이유로 저는 격리 대상자가 됐지만 남은 중환자들을
돌봐야 했기에 '코호트 격리'라는 최후의 방법으로 매일 병원에

출근합니다. 누가 어느 부위에 욕창이 생기려 하는지, 누가
약물로도 혈압 조절이 되지 않는지, 누가 어떤 약에 예민한지
중환자실 간호사가 제일 잘 알고 있기 때문입니다.

애송이 간호사 시절, 심폐소생술 때문에 뛰어다니는 제게
어느 말기암 할머니는 '저승사자와 싸우는 아이'라는
표현을 해주셨습니다. 그 말처럼 지금까지의 시간은 정말
악착같이 저승사자에게 '내 환자 내놓으라'고 물고 늘어졌던
시간들이었습니다. 그랬던 제가 요즘은 무섭고 두렵습니다.

그 환자의 메르스 확진 판정과 동시에 전 메르스 격리 대상자가
됐습니다. 그리고 사람들의 시선이 바뀌었습니다. 아무와도
마주치지 않으려 숨어서 출근하고 숨어서 퇴근합니다. 퇴근
후에는 바로 집으로 돌아와 스스로를 격리합니다. 출근 때마다
따뜻한 차가 담긴 보온병을 들려주시던 엄마는 제가 격리
판정을 받은 날 이모 집으로 가셨습니다.

숨조차 제대로 쉬기 힘든 N95 마스크를 눌러쓰고 손이
부르트도록 씻으며 가운을 하루에도 몇 번씩 갈아입고 나서야
남은 중환자들을 돌봅니다. 마스크에 눌린 얼굴 피부는 빨갛게
부어오릅니다. 비닐로 된 가운 속으로는 땀이 흐릅니다.

다행히 중환자실의 모든 환자와 의료진은 2차 검사까지 모두 음성 판정이 나왔습니다. 하지만 다른 병원에서 잠복기가 끝날 무렵에 증상이 발현된 환자가 나왔다는 점을 떠올리며 느슨해진 마음을 다시 조입니다.

며칠 전에는 한 환자의 보호자가 전화를 걸어왔습니다. 환자를 다른 병원으로 옮기겠다는 것이었습니다. 코호트 격리 때문에 잠복기가 끝나는 2주 동안에는 전원이 되지 않는다고 하자 욕설을 퍼부었습니다. 메르스 환자가 나왔으니 중환자실을, 더 나아가 병원을 폐쇄해야 하는 것 아니냐는 호통을 듣는 순간 참고 있던 서러움이 왈칵 밀려왔습니다. 온몸의 힘이 빠지며 무릎이 툭 꺾였습니다.

중환자실로 격리된 간호사들은 도시락 힘으로 버팁니다. 끼니마다 의료진 수만큼의 도시락이 자동문 사이로 전달됩니다. 직원 식당조차 갈 수 없는 신세가 서글프게 느껴지기도 합니다. 이모 집으로 간 엄마에게는 오늘도 용돈을 부치지 못했습니다.

스스로에게 묻습니다. 그래도 이 직업을 사랑하느냐고. 순간, 그동안 나를 바라보던 간절한 눈빛들이 지나갑니다.

어느 모임에선가 내 직업을 자랑스럽게 말하던 내 모습이
스쳐갑니다.

가겠습니다. 지금껏 그래왔듯 서 있는 제 자리를 지키겠습니다.
최선을 다해 메르스가 내 환자에게 다가오지 못하도록
맨머리를 들이밀고 싸우겠습니다. 더 악착같이, 더 처절하게
저승사자를 물고 늘어지겠습니다.

저희들도 사람입니다. 다른 격리자들처럼 조용히 집에 있고
싶다는 생각도 듭니다. 병이 무섭기도 합니다. 하지만 저희들의
손길을 기다리는 환자들이 있기에 병원을 지키고 있습니다.
고생을 알아달라고 하는 것은 아닙니다. 병원에 갇힌 채 어쩔
수 없이 간호하고 있다고 생각하지 말아달라는 게 저희들의
바람입니다. 차가운 시선과 꺼리는 몸짓 대신 힘주고 서 있는
두 발이 두려움에 뒷걸음치는 일이 없도록 용기를 불어넣어
주세요.

외과중환자실 간호사 김현아 올림

기적이 일어나다

환자들을 돌보는 중간중간 지난 새벽에 쓴 글을 들여다보며 또다시 마음을 잡았다. 두려움을 이길 용기를 스스로에게 주려면, 내 환자들을 지키려면 오직 그 방법밖에는 없었다. 언제든 가지고 다니며 편히 읽을 수 있게 되자 휴대폰 메모장에 잘 썼다는 생각이 들었다.

중환자실은 전날과 같았다. 여전히 숨 가쁘게 돌아가고 있었고 N95 마스크와 방호복은 변함없이 답답했다. 하지만 스스로 용기를 내자 마음이 한결 가벼워지기 시작했다. 나는 내 길을 지금처럼 갈 것이고 이제 나흘 후면 격리는 끝날 것이다. 중환자실 의료진을 대상으로 하는 메르스 마지막 검사가 있었다. 자동문으로 전달된 검체통에 간호사들의 이름을 한 명도 빠짐없이 적어 직접 나누어주었다. 환자들 한 명 한 명에게서도 가래를 뽑아내고 순서대로 검체통에 담았다. 검체가 든 검체통들이 하나둘씩 모였다. 메르스로 숨진 그녀가 부디 이번에도 '슈퍼 전파자'로 남는 오명이 없기를 간절히 바랐다.

오전 10시에 갑자기 간호부에서 호출이 왔다. 한 신문사에서 격리된 의료진들을 취재하고 싶다는 연락이 왔다는 것이다. 신문에 칼럼을 연재한 경험이 있던 나에게 그 내용이 전달되었다. 나는 중환자실 안에서 보내달라는 글이 어떤 것인지 빠르게 훑어보았다. '간호사나 의사의 하루 일과 또는 일기 등'이 있으면 오후 12시까지 보내달라는 요청이었다.

12시까지는 채 2시간도 남지 않은 시간이었다. 그 짧은 시간 동안 글을 쓴다는 건 도무지 불가능했다. 해야 할 일도 많았고 내 손길을 기다리는 환자들도 많았다. 12시까지 어떻게 우리의 일들을 다 적을 수 있을까. 메르스로 궁지에 몰린 병원은 어떻게 해서라도 뭔가를 신문사에 보내고 싶어 했고 나 또한 적당한 글을 찾지 못해 점점 난감해지기 시작했다.

그러다 문득 새벽에 쓴 일기가 생각났다. 노트북이나 일기장에 쓰던 다른 날과는 달리 처음으로 휴대폰 메모장에 일기를 썼고, 그 휴대폰은 지금 내 주머니에 들어 있었다. 묘한 기분이 들었다. 마치 사람들이 어제 내가 일기를 쓴 걸 알기라도 한 것 같았다. 서둘러 휴대폰에 쓴 글들을 컴퓨터로 옮겼다. 12시 가 되기 전에 간호부로 메일을 전송했다. 기사가 채택되면 다 음 날 신문 6면에 실을 예정이라는 간단한 답변을 들은 뒤 나 는 다시 N95 마스크를 쓰고 환자들에게 돌아갔다.

집으로 돌아와서는 바로 석사논문에 필요한 문헌들을 정리 하기 시작했다. 격리가 끝나면 그동안 멈췄던 논문을 바로 시 작할 생각이었다. 어느덧 시간은 자정을 향하고 있었다. 다음 날도 아침 근무라 서둘러 잠자리에 들었다. 그날은 아무런 꿈 도 꾸지 않고 깊은 잠에 빠져들었다.

*

새벽녘, 연달아 울리는 휴대폰 알람 소리에 저절로 눈이 떠 졌다. 아직 새벽 6시도 되지 않았는데 휴대폰에는 이미 100개 가까운 문자들이 와 있었다. 그동안 연락도 뜸했던 사람들이 이 새벽에 갑자기 많은 문자들을 내게 끊임없이 보내고 있었 다. 몸도 피곤하고 잠도 덜 깬 터라 그저 멍할 뿐이었다.

예상과 달리 내가 쓴 글이 그날 신문 1면을 가득 메우고 있 었다. 신문사에서도 흔치 않은 일이라고 했다. 신문 한 부가 자 동문 사이로 전달되었다. 서로 신문을 보려고 간호사들이 몰려들었다. 하루 종일 얼굴도 모르는 사람들이 갑자기 약속이나 한 듯이 중환자실에 전화를 걸어왔다. 그들은 한결같이 울먹였고 힘내라는 말에는 안타까움이 잔뜩 묻어나 있었다. 일하는 내내 끊임없이 기자들이 찾아왔다. 인터넷에서는 사람들이 내 글을 여기저기 퍼 나르고 있었다. 퍼져 나간 글에 응원의 댓글이 꼬리에 꼬리를 물고 이어졌다. 갑자기 많은 편지들이 쏟아졌고 선물들이 쌓여갔다.

이 모든 게 마치 꿈을 꾸는 것처럼 어리둥절하기만 할 뿐이었다. 전날 퇴근할 때만 해도 주차장을 돌아 나오는 길에는 사람 하나 보이지 않았지만 그 사이에 아침까지 보지 못했던 많은 현수막들이 병원을 에워싸고 있었다. 차를 잠시 멈추고 천천히 하나씩 읽어보았다.

'의료진 여러분 힘내세요!'
'당신들 곁에서 우리가 함께하겠습니다.'
'용기 있는 당신들에게 존경의 박수를 보냅니다.'
'꼭 이기고 돌아와주세요.'
'당신들은 세상의 어둠을 밝히는 등불입니다.'

병원 주위는 여전히 사람들이 없어 휑했지만 우렁각시처럼 보이지 않는 모습으로 사람들은 마음을 전해오고 있었다. 그들의 따스한 마음이 가슴으로 느껴졌다. 그제야 비로소 실감이 나기 시작했고 그들의 진심 어린 위로와 응원이 두려움으로 가득했던 마음 깊이 스며들었다.

　욕설을 퍼붓고 손가락질을 하던 사람들 뒤에서 묵묵히 지켜보던 그들이 내 간절한 마음을 알아준 듯 이제는 한마음으로 우리에게 응원과 격려를 보내고 있었다.

　이건 분명 기적이었다. 집으로 가는 동안 숨 막히게 돌아갔던 며칠간의 일들이 주마등처럼 스쳐갔다. 어느새 두 눈엔 뜨거운 눈물이 고여 있었다.

코호트 격리 끝

– 두 번째 편지

누군가가 나를 진심으로 믿고 응원해준다는 것은 정말 믿지 못할 용기가 생기는 일이었다. 힘없이 늘어져 있던 의료진들의 어깨가 당당히 펴지기 시작했고 어둡던 얼굴들에 생기가 돌기 시작했다. 이제 더는 욕하는 사람들도 없었고 대신 우리를 믿고 뜨거운 응원과 진심 어린 격려를 보내는 사람들이 있었다. 진심은 통한다는 말은 사실이 되고 있었다. 이제는 숨어서 환자들을 지키는 일이 더 이상 두렵지 않았다. 오히려 더 신이 나서 아무리 숨이 막히고 땀이 비 오듯 떨어져도 힘든 줄 모르고 남은 격리 기간을 채워나갔다. 이제 마지막 메르스 검사 결과가 곧 나올 것이다. 만에 하나 80명이 넘는 의료진과 환자 중 한 명이라도 메르스 확진이 나오면 또다시 14일간의 격리가 예고된 상태였다. 초조하게 모두 숨죽여 결과를 기다렸다.

그리고 마침내 의료진 모두 메르스 음성 판정을 받았다. 나중에 결과가 나온 36명의 중환자들도 모두 음성이었다. 메르스는 아무도 모르게 6일이나 중환자실 안을 떠다니고 있었지만 결국 중환자실에 있는 그 누구도 건드리지 못했다. 기적 같은 일이 연달아 일어났다. 우리는 환호성을 질렀고 서로를 껴안았다. 눈물이 왈칵 쏟아졌다. 이제는 그동안 가슴 졸였을 엄마를 모시러 가야 할 시간이었다. 엄마의 다리가 좀 나아졌는지 어떤지 궁금했다. 날이 밝으면 직접 대구로 내려가 엄마를 모셔오기로 했다. 이젠 마스크도 필요 없으니 돌아오는 차 안에서 그동안 밀린 얘기들을 맘껏 하리라. 한껏 마음이 들뜬 전날 밤, 갑자기 이모와 같은 주택에 살고 계시는 숙모에게서 전화가 왔다.

"야야, 니가 오지 말고 이번에도 오빠 보내믄 안 되것나? 여기 대구에 메르스 환자 나와가 난리 났다 아이가. 섭섭하다 생각지 말고. 메르스 때문에 세상이 난린데 어쩌겠노."

얼마 전 대구에 처음 발생한 메르스 환자가 목욕탕에 간 사실이 알려지면서 대구 전체가 발칵 뒤집어져 있었다. 나는 무사히 메르스 격리 기간을 마쳤지만 어쨌거나 한동안 메르스와 함께 묶여 있었던 사실을 숙모는 걱정하고 있었다. 틀어놓은 TV에서는 메르스 환자들을 돌보다 감염된 의료진들에게도 번호를 붙이고 있었다. 승리감에 도취되어 부풀어 올랐던 마음이 빠른 속도로 가라앉았다.

그랬다. 메르스와의 전쟁은 아직 끝난 게 아니었다. 격리 기간을 무사히 마쳤다고 메르스가 완전히 사라진 것은 아니었다. 메르스는 이제 지방까지 세력을 펼쳐가고 있었고 여전히 여기저기서 치열한 전쟁이 계속되고 있었다. 나는 방호복을 벗었지만 TV 속의 의료진들은 여전히 방호복을 입고 있었다. 잠시 그 사실을 잊고 있었던 것이다. 여전히 매일 또 새로운 메르스 환자가 발생했고 격리 대상자들이 1만 명을 넘어가고 있었다.

메르스에 묶인 다른 병원 의료진들이 우리가 그랬던 것처럼 환자들과 함께 격리에 들어가고 있었다. 그들이 앞으로 보낼 시간들은 철저히 외롭고 고독한 자신들과의 싸움이 될 것이다. 그들도 순간순간 내가 그랬듯이 두렵고 숨고 싶을 것이다. 난 내가 받았던 뜨거운 응원과 격려들을 생각했다. 그 덕분에 더 용기를 낼 수 있던 기억을 떠올렸다. 그들에게도 더 많은 응원이 필요할 때였다. 메르스로 아직은 세상이 떠들썩할 때, 신문사에 보낼 다음 편지를 써 내려갔다.

두 번째 편지

돌아가신 그분과 유족에게 국내 첫 메르스 사망이라는
불명예와 함께 메르스를 옮기는 사람으로 낙인찍히게 하는
건 아닌지 내내 조심스러웠습니다. 그래서 14일 잠복기 동안
열이 나는 사람이 있으면 더욱 긴장했고 결과가 나오기까지
마음 졸였습니다. 메르스는 그분을 사망에 이르게 할 정도로
지독했지만 함께 있던 의료진과 면역력이 약한 중환자 36명은
지금까지 단 한 명도 메르스에 감염되지 않았습니다. 오늘
우리는 격리에서 풀려났습니다. 돌아가신 분에게 메르스를
옮긴 사람이란 오명이 남지 않아서 정말 다행입니다.

많은 분이 보내주신 분에 넘치는 응원은 두려움에 떨리던 제 두
발에 힘을 실어주셨습니다. 여러분의 말 한 마디가 지친 어깨를
두드려주셨고 보내주신 진심 어린 박수는 서러움에 흐르던
눈물을 닦아주셨습니다.

사람이 자기 의지대로 메르스를 옮기는 건 아닙니다.
메르스가 스스로 움직여 옮겨가는 것이죠. 그러니 메르스에
감염된 사람도 병원도 미워하지 마세요. 아무 증상이 없는

격리자들까지 꺼리지는 말아주세요. 옆 사람이 기침한다고
노려보지 마세요. 대신 서로를 위로하고 보듬어주세요. 처음
격리 때는 우리도 겁에 질린 사람들이었습니다. 하지만
이 안에서 누가 걸리지나 않았는지 의심부터 하고 서로를
멀리했다면 이런 결과는 나오지 않았을 것입니다.

메르스에 6일간이나 무방비로 노출된 저희 병원 의료진과
중환자들 중 단 한 명도 감염자가 나오지 않았다는 사실은
믿기 힘든 기적이라고 말하는 분들이 있습니다. 지금 두려움을
삼키며 메르스의 최전방에서 제 자리를 지키는 전국의 모든
의료진은 곧 또 다른 기적을 가져올 것입니다.

여러분의 따스한 응원은 의료진이 더욱 악착같이 메르스를
물고 늘어지게 하는 원동력입니다. 쉬지 말고 계속
응원해주세요. 모든 의료진이 메르스에 한 발짝도 뒷걸음치지
않도록 두 발에 묵직하고 단단한 힘을 다시 한번 실어주세요.

2015년 6월 16일

*

코호트 격리 중 이렇게 스스로를 다짐했던 편지가 공개되자마자 많은 사람들이 우리를 걱정해주었다. 전화로 끊임없이 인터뷰를 요청해왔고 우리의 이야기를 듣고 싶어 했다. 환자들을 돌보는 바쁜 시간 중에도 모든 인터뷰에 응했던 건 숨어서라도 메르스를 막고 있는 우리가 있다는 사실을 알려야 공포에 휩싸인 많은 사람들이 조금이나마 안심할 수 있다고 생각했기 때문이다. 또한 그 당시 우리 의료진들에게도 더 많은 용기가 필요했기 때문이기도 했다. 다행히 많은 시민들이 막연한 메르스에 대한 공포를 벗어나 의료진들에게 많은 관심과 아낌없는 힘을 실어주셨고 용기를 얻은 의료진은 두려움 없이 더욱 더 메르스를 물고 늘어질 수 있었다.

메르스 종식 1년

– 마지막 편지

맹렬하게 퍼져나가던 메르스는 2015년 12월 23일 많은 희생자를 낸 뒤 마침내 이 땅에서 자취를 감추었다. 1년 후 그녀가 처음 입원했던 날인 석가탄신일에 잠시 가까운 절에 들렀다. 그녀를 떠올리면 지금도 가슴 깊은 곳에서 아릿한 통증이 느껴진다.

마지막 편지

유리창 너머로 당신이 머물렀던 격리실을 가만히 바라봅니다.
오늘은 1년 전 당신이 중환자실에 입원한 날입니다. 그날
이곳에서 생사를 오가며 힘겨워하던 당신의 모습을, 당신을
삶으로 끌어오기 위해 필사적으로 매달리던 의료진들의
모습을 떠올립니다. 병원은 다시 찾아온 사람들로 가득
찼지만 1년 전을 기억하는 사람은 아무도 없는 것 같아 당신을
볼 면목이 없었습니다. 밀려오는 환자들을 돌보고 새로 온
신규 간호사들을 가르치느라 중환자실이 분주합니다. 늘
그랬듯 환자의 얼굴에 내 가족의 얼굴을 덧붙이라고 후배
간호사들에게 조언하려다 당신을 그렇게 보낸 남은 가족들의
상처를 감히 가늠조차 할 수 없어 하려던 말을 멈추었습니다.

밤새워 장기 이식 수술을 마친 환자가 무사히 사투를 이겨내고
환한 웃음을 머금은 가족들과 함께 중환자실을 나섰습니다.
또 어떤 환자는 끝내 중환자실에서 삶을 마무리합니다.
고단했을 투병의 시간을 위로하며 얼굴을 닦이고 그동안 가득
자란 수염을 깎아드렸습니다. 바짝 말라버린 입안에 그토록
원했던 물도 한 모금 넣어 적셔드렸습니다. 남은 가족들은

울먹이는 소리로 "그래도 편안해 보인다"라고 말합니다.
삶과 죽음의 갈림길에서 끝내 삶으로 끌어당겨 오지 못했던
죄송함이 조금이나마 위안을 잊는 순간입니다. 그렇게 한
사람의 삶은 이어졌고 또 한 사람의 삶은 툭 소리와 함께
끊어졌습니다.

장례를 위해 가족들에게 둘러싸인 채 중환자실을 떠나는
환자의 뒷모습에 다시 당신이 생각났습니다. 고생했다고 손 한
번 잡아주지 못한 채 보내야 했던 그 시간들을 생각했습니다.
옆 사람이 기침만 해도 노려보고 병원에 근무한다는 이유로
손가락질을 받아야 했던 시간들, 문밖에 나서는 것조차 큰
용기가 필요할 만큼 사람들을 두렵게 만들던 생소한 이름의
질병. 그리고 그 질병의 첫 번째 희생자였던 당신.
숨이 멎은 뒤에도 홀로 격리실에서 쓸쓸히 확진 판정을
기다리다 결국 남은 가족들의 따스한 배웅조차 받지 못한
채 낯선 이들에게 둘러싸여 서둘러 화장터로 향하던 당신을
기억합니다.

좋아질 거라는 희망으로 당신을 다독이던 제 말이 모두 거짓이
되는 순간이었습니다. 단 한 번의 편한 숨조차 허락하지 않았던
N95 마스크를 눌러쓰고 땀이 채 마르지 않은 몸으로 하루에도

수십 번 가운을 갈아입으면서도 남은 환자들 곁을 지킬 수 있었던 건, 어쩌면 격리실 유리창 사이로 당신을 보며 다시는 내 환자들을 당신처럼 보내지 않겠다고 다짐했기 때문인지도 모르겠습니다. 제 자리를 지키면서 느꼈던 사람들의 차가운 시선은 지금껏 내가 어떤 간호사였는지, 그리고 앞으로 어떤 간호사가 될 것인지를 끊임없이 스스로에게 묻게 만들었습니다.

여차하면 뒤로 물러설지도 모를 두 다리에 힘주며 겨우 서 있던 어느 날, 사람들이 마치 약속이나 한 듯이 차가운 시선을 거두고 따스한 위로의 마음을 전해오기 시작했습니다.
첫 번째 기적이었습니다. 그 기적의 힘으로 우리는 당신과 같은 공간에 있던 의료진과 환자들 중 단 한 명의 감염자 없이 격리를 마쳤습니다. 그리고 얼마 지나지 않아 메르스는 이 땅에서 종식되었습니다. 그렇게 두 번째 기적이 일어났습니다. 이제 저는 또 다른 기적을 꿈꿉니다.

또다시 그 어떤 낯선 질병이 닥치더라도 그 누구도 1년 전의 당신처럼 삶을 슬프게 마무리 하는 일은 없게 하겠다고.
따스한 응원의 힘을 실은 두 다리로 또다시 끝까지 제자리를 지키겠다고.

다시는 단 한 명의 내 환자도 저승사자에게 뺏기지 않도록 더욱 더 악착같이 물고 늘어지겠다고. 세 번째 기적은 그렇게 우리 모두가 함께 이루어내겠습니다. 그러니 이제는 부디 편안히 쉬십시오.

2016년 5월 16일

3장

간호사,
그 아름답고도 슬픈 직업에 대하여

삶과 죽음 사이에서 헤매고 있는 내 환자를
삶으로 끌어오는 일은 정말 뿌듯한 일이었다.
그럼에도 그들을 삶 쪽으로 끌어오지 못하면
마지막 순간까지 정성껏 배웅하는 것으로 죄송한 마음을 전했다.
진심을 다하면 환자들이 변해갔고 내 안의 세상이 바뀌어갔다.
단지 그게 좋았을 뿐이다. 그 경험들이 하나둘씩 마음에 채워질수록
삶은 더 이해하기 쉬워진 것처럼 느껴졌다.
죽음은 더 이상 두렵지 않았다.

마지막 약속

"약속 절대 잊지 마."

오랜만에 만난 친구는 헤어지기 전에 미리 다음 만남을 강조하며 내게 '약속'이라는 말로 다른 선택의 여지를 주지 않았다. 놓아줄 기미가 보이지 않는 친구에게 마지못해 그러겠노라고 거듭 다짐한 후에야 친구는 나를 보내주었다. 집으로 오는 길에 몇 달째 먼지를 일으키며 올라간 새 건물에는 그사이 커피 전문점 간판이 걸려 있었다. 유리창 너머로 많은 사람들이 서로의 약속을 지키고 있었다.

그때 결코 깰 수 없었던 오래전 한 할머니와의 약속이 문득 떠올랐다.

중환자실 간호사로서의 삶에 조금씩 적응해가던 어느 겨울, 그날도 나는 내게 맡겨진 환자들을 돌보느라 시간이 어떻게 가는지 몰랐다. 늘 그랬듯 오전에는 심폐소생술 두 건이 있었고 그중 내 환자 한 명은 다시 돌아오지 못했다. 그 환자가 영안실로 향하던 때 응급실에서 교통사고를 당한 할머니가 입원한다고 알려왔다. 내 환자가 될 할머니였다. 떠난 환자의 빈 침대를 소독하며 다음 환자의 필요 물품들을 준비하고 있을 때였다. 응급실에서 미리 찍어둔 엑스레이를 보던 주치의는 할머니가 터미네이터인 줄 알았다며 농담을 했다. 그 말에 바삐 옮기던 걸음을 멈추고 자연스레 엑스레이 화면을 향했다. 두개골 사진 속 두 눈은 너무 달랐다. 정상인 거무스름한 왼쪽 눈과 달리 오른쪽 눈에 하얀 음영이 져 있었다. 태어나 처음 본 의안義眼이었다.

산소기와 흡인기를 연결하고 모니터를 준비하는 동안 이동 차에 꼿꼿이 앉은 할머니가 도착했다. 누우시라고 했는데도 굳이 저렇게 앉아서 가겠다고 고집을 부린다며 이송 직원은 고개를 절래절래 흔들었다.

할머니의 첫 인상은 그랬다. 87세의 고령임에도 사람의 속마음을 훤히 들여다보는 듯 하나뿐인 눈동자는 맑았고 누구에게 조그마한 폐라도 끼치지 않으려는 고집으로 가득했다. 길을 건너다 1톤 트럭에 부딪혔다는 할머니는 두개골에 금이 가고 갈비뼈가 부러지면서 폐를 찔렀다. 폐에 가득 고인 피를 빼내는 튜브가 한쪽 가슴속에 들어가 있었고 연결된 플라스틱 병에는 벌써 반쯤 피가 고여 있었다. 숨이 차고 많이 고통스러울 법도 한데 할머니는 그 누구의 도움도 받지 않고 혼자 침대로 옮겨갔다. 꽤 깐깐해 보이는 할머니였다.

집중 치료가 이루어졌지만 할머니는 쉽게 차도를 보이지 않았다. 그러는 사이 중환자실에 머무는 시간이 길어졌다. 사람이 같이 있으면 생기는 게 정情이라는 말은 생사를 가르는 중환자실에서도 예외는 아니었다. 심폐소생술은 거의 매일 일어났고 그럴 때마다 할머니는 힘겹게 뛰어다니는 나를 안쓰러워하셨다. 닫혔던 마음의 문에 빈틈이 생기자 나머지 문은 스스로 열렸다. 자식들이 외국에 나가 있어 늘 혼자였던 할머니 곁에 머무는 시간들이 많아졌고 몰래 간식도 나눠 먹었다. 할머니는 내가 퇴근하면 아쉬워 손을 흔들고 출근하면 함박웃음으로 반기곤 했다.

그 무렵 할머니와 나는 둘만의 비밀이 생겼다. 아무도 모르게 할머니의 의안을 같이 씻는 일이었다. 할머니는 절대 남 앞에서 의안을 꺼내 보인 적이 없었지만 나에게만은 달랐다.

정해진 시간이 되면 커튼으로 할머니 침대를 가렸고 치료용 세트를 열어 생리식염수를 채웠다. 커튼 안에 둘만 남으면 할머니는 능숙하게 한쪽 눈에서 의안을 빼내 생리식염수에 담아 빠뜩 소리가 나도록 꼼꼼하게 씻어냈다. 스무 살 때 사고로 잃은 한쪽 눈의 부재를 자식들에게까지 숨기느라 겪었을 애환에 사뭇 안타까웠다. 할머니의 폐는 점점 나빠지고 있었다. 항생제에도 별 반응이 없던 폐는 결국 고름이 차기 시작하면서 열이 나는 날이 많아졌다. 미온수로 몸을 닦아내고 해열제를 주던 내 손을 할머니가 지긋이 잡았다.

"내가 했던 말…… 절대 잊지 말구. 해줄 수 있지……?"

연신 다시 확인하듯 고개를 끄덕이는 간절한 눈빛과 맞잡은 거친 손을 타고 할머니의 간절한 마지막 바람이 전해져왔다. 할머니가 그랬다. 자식들과 사이가 안 좋다고. 자식들은 자기가 죽으면 올 거라고 했다. 그리고 그 자식들에게 보일 마지막 모습이 걱정이라고. 만약 자기가 의식을 잃으면 가끔이라도 자기 대신 의안을 닦아 넣어줄 수 있겠느냐고 물어왔다. 자식들에게는 의안이라는 걸 절대 알리지 말고 빼면 너무 티가 나니 만약 자기가 죽더라도 그대로 의안을 지니고 갈 수 있게 해달라고. 병이 깊어갈수록 할머니는 내게 몇 번이나 다시 다짐을 받았다.

할머니는 정말 미리 알기라도 했던 걸까?

조금은 부담스럽던 약속을 하고 얼마 후 상태가 호전되면서 할머니는 병동으로 옮기게 되었다. 그리고 할머니와의 약속은 조금씩 잊혔다. 병동에서 갑자기 호흡이 멎은 환자를 급히 중환자실로 내려보낸다는 전화를 받고 전화기를 내려놓자마자 거칠게 중환자실 문이 열렸다. 한 환자의 침대에 의사가 올라 심폐소생술을 하고 있었고 순식간에 침대는 중환자실 한가운데 자리 잡았다. 그 할머니였다. 강심제를 동반한 심폐소생술이 긴 시간 동안 이루어졌다. 기관 내 삽관과 인공호흡기까지 연결했지만 할머니는 스스로 눈도 뜰 수 없는 뇌사상태에 빠져버렸다. 밤새 할머니의 가래를 뽑아내고 힘없이 늘어진 몸을 뒤집으며 여기저기 묻은 핏자국을 닦아내면서도 나는 한동안 할머니와의 약속을 기억해내지 못했다. 양치를 시키고 두 눈에 고인 눈물을 닦아내는 순간에야 그 약속을 떠올렸다.

그날 이후 나는 매일 할머니의 의안을 닦아내기 시작했다. 누구의 눈에도 띄지 않게 커튼을 치고 예전처럼 오롯이 할머니와 단 둘만 남게 되면 양손에 장갑을 끼고 눈꺼풀을 들어 올려 할머니가 가르쳐준 대로 의안을 빼냈다. 가지고 온 소독약으로 빠득 소리가 날 때까지 힘주어 씻었고 따스한 생리식염수로 헹구어 다시 넣는 일이 반복되었다.

끝까지 우리의 약속이 지켜지는지 궁금했던 것일까. 3교대임에도 할머니는 내가 돌보던 어느 저녁 무렵 마치 편안한 잠을 자듯이 숨을 거두었다. 심전도가 점점 느려지다 멈추는 순간에도 할머니 곁에는 내가 있었다.

할머니의 예상대로 자식들은 할머니가 돌아가시자마자 중환자실 앞에 하나둘씩 모여들었다. 그들이 중환자실로 들어오기 불과 몇 분 전, 마지막으로 할머니의 의안을 닦아 티가 나지 않도록 두 눈을 꼭 감겨드렸다. 할머니의 모습은 완벽했다. 어느 쪽 눈이 의안인지 알 수 없을 정도로 자연스러웠다. 지금 생각해보면 할머니의 입가에 살짝 미소가 어려 있던 것도 같다.

할머니와의 약속은 깨지고 다시 다짐하는 다른 여느 약속과는 달랐다. 그건 87년 자신의 삶을 요란스럽지 않게 마무리하려 한 그녀만의 방법이었다. 마지막으로 할머니를 닦이고 의안을 씻어 넣어주면서 나는 삶이 막 끝난 내 마지막 모습을 처음으로 떠올려보았다. 내가 세상을 떠나는 날, 내 마지막 모습은 어떨까. 부디 할머니처럼 깨끗하고 편해 보였으면 좋겠다는 생각이 들었다.

막연히 살아갈 시간이 많다고 믿으며 그 끝이 좀처럼 실감나지 않던 그때, 난 겨우 20대 중반을 넘어가고 있었다. 그렇게 할머니를 보내고 며칠을 열병처럼 앓으면서 삶과 죽음을 아주 조금은 알 수 있을 것 같았다.

처음으로
저지른 실수

며칠간 집에 머무르던 엄마를 모시고 대구로 내려가는 길이었다. 차 안은 적당히 시원했고 또 조용했다. 시원하게 달리던 앞차가 상주터널 근처에서 갑자기 속도를 줄이기 시작했다. 서둘러 비상등을 켜는 순간, 엄마가 침묵을 깼다.

"사고로 2킬로미터 정체라는데?"

스마트폰을 한참 들여다보던 엄마가 말했다. 서행하는 차들 뒤를 지루하게 따라 터널을 빠져나오자 여러 대의 경찰차와 구급차가 경광등을 켠 채 서 있었고 그 너머로 트럭 한 대가 가드레일을 뚫고 수풀 사이에 뒤집어져 있었다.

"이런, 어쩌누. 쯧쯧. 사람은 다치지 말아야 하는데……."

엄마의 놀란 목소리가 이어졌다.

"졸음운전인가? 차가 저래서 크게 다쳤을 것 같은데 니가 보기에도 그렇지? 어쩌면 좋니?"

사고 현장을 지나온 후에도 엄마는 한참 동안 뒤를 돌아보며 어쩔 줄 몰라 했다.

"남의 일 같지가 않아. 그러니 너도 운전 조심해. 졸리면 쉬었다 가고."

문득 비슷한 사고로 중환자실에 실려 왔던 40대의 한 트럭 운전사가 떠올랐다. 정체가 풀리기 시작한 고속도로에서 막 속도를 올리며 나도 모르게 무심코 대답했다.

"난 음주운전 같은 거 안 해."

"뭐? 그게 뭔 소리래?"

"응? 아니, 뭐 음주운전하면 안 된다고."

"그거야 당연한 거고. 애가 뜬금없긴……."

엄마의 눈이 다시 스마트폰으로 향했다.

*

그는 음주운전을 했다.

여느 날처럼 트럭을 몰았고 점심에는 오랜만에 만난 친구가 계속 권하는 반주를 끝내 뿌리치지 못했다. 그는 소주를 몇 잔

걸치고 나서 다시 운전대를 잡았다. 경찰의 단속은 없었지만 그가 몰던 트럭은 도랑 위를 굴렀다. 그 짧은 순간만큼은 20년간 쌓아온 무사고 경력도 소용이 없었다. 발견 당시 그의 트럭은 바퀴가 하늘로 향해 있었다.

목뼈가 부러졌다. 어긋난 뼛조각들이 숨겨져 있던 신경을 완전히 짓눌러 으깨버렸다. 의식 없이 실려 온 그는 의식이 들자마자 곤혹스러워했다. 부러진 목뼈가 신경을 손상시키면서 팔다리로 뻗어 있던 모든 신경들의 감각과 움직임을 빼앗아버렸다. 그는 이제는 쓸모가 없어진 자신의 팔과 다리를 마치 꿈을 꾸는 듯한 표정으로 한참을 바라보았다. 그러더니 꿈에서 깨어나려는 듯 맹렬히 머리를 흔들어대기 시작했다.

그에게 그렇게 지옥이 시작되었다. 팔다리뿐 아니라 숨을 쉬게 하는 호흡근조차 마비되어 입안의 관을 통해 억지로 숨을 넣어주는 인공호흡기에 의지해야 했고 마지막까지 그것을 떼어버리지 못했다. 얼마 후부터는 목 위로만 간신히 자신의 의지대로 움직일 수 있음을 깨닫자마자 이번에는 인공호흡기를 이어주는 입안의 튜브를 이빨로 잘근잘근 물어뜯기 시작했다. 누가 못하게 막으면 닥치는 대로 아무에게나 박치기를 해댔다. 처절한 몸부림이었다. 마침내 튜브가 그의 입안에서 반쯤 잘려나갔고 산소가 새자 인공호흡기에서 날카로운 알람이 울렸다. 그의 가슴은 더 이상 올라가지 않았다. 호흡이 멎으면서 잠시 의식을 잃었지만 서둘러 새로 기관 내 삽관을 하자마자 바로 의식을 되찾았다. 하지만 그는 변하지 않았다. 아무리 위험한 상황을 설명하고 아무리 달래보아도 그는 주치의를 포함해 그 누구의 말도 듣지 않고 또다시 새로운 튜브를 질겅질겅 씹기 시작했다.

부러진 목뼈를 고정하는 수술을 했지만 이미 손상된 신경은 그의 굽힐 줄 모르는 고집처럼 끝내 돌아오지 않았다. 억지로 팔다리를 들어 물리치료를 하고 수시로 자세를 바꾸고 등 마사지를 해도 스스로 움직일 수 없는 두 팔과 두 다리는 점점 부어오르며 강직되어갔고 조절되지 않는 항문 괄약근 사이로 대변이 수시로 흘러내리면서 엉덩이 주변의 피부가 짓물러 벗겨지기 시작했다. 욕창이 시작되고 있었다.

매일 매일이 전쟁이었다. 그는 여전히 자신의 상태를 받아들이지 못했고 그의 돌발 행동에 언제 상태가 변할지 몰라 온 신경을 그에게만 쓰느라 다른 환자들은 거의 내 관심을 받지 못하고 있었다. 그날도 그는 여느 날처럼 두 눈을 부릅뜨고 신경질적으로 튜브를 씹으며 고개를 흔들어대는 데 사용하고 있었다. 양치를 시키려 거즈로 입안을 닦으면 거즈를 있는 힘껏 물고는 놔주지 않았고 혈압을 재고 투약을 하러 다가가기만 해도 침대가 요동치도록 완강히 거부했다. 그 순간 갑자기 그의 심장이 멈추었다. 우려했던 대로 신경 손상이 심장에까지 영향을 미친 것이다. 안색이 검게 변하면서 축 처져가는 그의 몸 위로 뛰어올라 바로 심장 마사지를 시작했다. 잠시 멈추었던 그의 심장은 곧 다시 뛰기 시작했고 몇 분 후 의식이 돌아왔을 때 그의 두 눈에는 눈물이 흥건히 고여 있었다.

입안에 빨대처럼 물고 있던 튜브의 유효기간인 2주가 지나자 그의 목 한가운데를 절개해 반영구적인 삽관을 하는 기관절개술이 결정되었다. 그리고 그의 입이 자유롭게 되면서 입 모양으로나마 말을 할 수 있게 되었다.

"처. 음. 이. 었. 어."

입모양으로 그의 말을 듣던 내게 그가 내뱉은 첫마디였다. 사실 그는 술을 즐기지 않았다. 하지만 그날은 어쩔 수 없었다고, 음주운전은 그때가 처음이었다고 모든 걸 내려놓는 듯한 그의 고백이 갑자기 내 말문을 막게 했다. 다른 환자들에게 흔히 하는 힘내라는 말도 그에게는 무책임한 말이었다. 어떻게 힘내서 평생 이렇게 누워 살라고 할 것인가. 살아갈 날이 더 많은 그는 이제 겨우 40대 중반이었다.

"얼. 마. 나. 살. 수. 있. 을. 까?"

가정용 인공호흡기를 연결하고 요양병원으로 옮겨가기로

한 날이었다. 얼굴을 닦으며 그새 얼굴 가득 자란 수염을 미느라 그의 턱에 면도기를 막 대는 순간, 그가 다시 물어왔다. 이번에도 나는 대답을 할 수가 없었다. 대답 안 해도 괜찮다는 듯 그는 희미하게 웃으며 마지막으로 내게 말했다.

"고. 마. 워."

그렇게 그는 중환자실을 떠났고 몇 달 뒤 다시 중환자실로 왔을 때는 이미 심정지 상태였다. 몰라볼 정도로 수척해져 있었고 뜨문뜨문 힘들게 말을 뱉어내던 그의 입은 아무렇게나 자라난 수염으로 뒤덮인 채 굳게 닫혀 있었다. 지난 몇 달의 고통이 고스란히 내게 전해졌다. 거칠고 앙상하게 마른 그의 손을 잡았지만 아무 말도 할 수가 없었다.

삶은 때때로 단호하고 잔인한 모습으로 다가왔다. 그리고 그걸 바라보는 순간순간 나를 얼어붙게 만들었다. 한 번의 실수치고는 너무나 혹독한 대가였다. 어쩌면 단 한 번의 실수조차 허락하지 않는 것이 우리의 삶일지도 모른다는 생각이 들었다.

두 번의
죽음

TV에서 아는 사람 얼굴이 나왔다. 요란했던 밤 근무를 끝내고 돌아왔지만 아침부터 시작된 옆집 공사로 한낮 동안 자는 둥 마는 둥 했던 날이었다. 전에 없이 출근 한 시간 전까지 침대에서 일어나지 못했던 유난히 피곤했던 날이기도 했다. 양 볼을 손바닥으로 정신없이 두드리며 이제는 또 다른 밤 근무를 위해 병원으로 출발해야 하는 시간이었다. 켜두었던 TV를 막 끄려는 순간, 뉴스에서 아는 사람의 얼굴이 화면을 가득 채웠다. 순간, 나는 출근 준비도 잊은 채 멍하니 그 자리에 다시 앉았다.

　외국의 한 휴양지에서 비행기가 추락했다. 대부분의 승객
은 그 자리에서 사망했고 살아남은 소수의 사람들은 화상을
입었다. 죽은 자들과 뒤엉켜 있던 살아남은 사람들이 속속 비
행기로 이송되고 병원으로 옮겨갔다. 그중에는 당시 스물네
살이었던 그녀도 있었다. 부모님이 일찍 돌아가신 뒤 그녀는
학교를 그만두고 아주 어린 나이부터 동대문의 한 옷가게에서
일을 시작했다. 나름 수완이 좋아 꽤 많은 돈을 벌었고 이참에
큰맘 먹고 외국여행을 떠나기로 했다. 그렇게 난생처음 오른
비행기는 목적지에 채 닿기도 전에 추락하고 말았다.

　그녀는 화상을 입은 얼굴과 상반신에 붕대를 두껍게 감은
모습으로 중환자실에 입원했다. 화상 상처는 깊지 않았지만
매일 반복되는 고통스런 치료는 날이 갈수록 그녀의 정신을
빼앗아갔다. 때로는 알아들을 수 없는 말들을 늘어놓으며 웃
기도 했고 혼자 중얼거리다 울기도 했다. 그러다 어떤 날은 소
스라치는 비명을 지르며 침대 밖으로 뛰쳐나오기도 했다.

　어느 밤 근무 때였다. 밤 근무는 3교대의 다른 근무시간보
다 길었고 그만큼 해야 할 일들이 더 많았다. 다음 날 투약할
약 처방과 여러 가지 검사를 위한 처방이 환자마다 달라서 서
로 다른 처방을 혼동하지 않도록 환자 한 명씩 꼼꼼히 확인해

야 했다. 아침에 연결할 서로 다른 수액들을 빈틈없이 준비하고 환자 상태의 객관적 지표인 혈액검사와 체액검사 등도 회진시간에 확인할 수 있도록 검사시간에 맞춰야 했다.

환자들의 부분 목욕도 밤 근무 때 이루어졌다. 양치는 물론 얼굴을 씻기고 머리를 감기며 기관 절개 부위가 감염되지 않도록 소독하는 일 외에 때로는 위생이 불량한 환자의 손발을 따뜻한 물에 불려 두 손으로 박박 때를 밀 때도 있었다. 요로 감염을 막기 위한 회음부 간호도 주로 밤에 이루어졌다. 게다가 다른 근무 때와 마찬가지로 매 시간마다 투약을 하고 가래를 뽑아내고 환자의 증상에 따라 수시로 나오는 추가 처방을 확인하고 혈압 등 활력징후와 소변량 체크를 해야 하는 기본적인 일도 그대로 해야 하니 밤 근무는 말 그대로 밤을 홀딱 새워도 마치지 못하는 중노동에 가까웠다. 해야 할 일들이 마무리되지 않은 상태에서 갑자기 손이 많이 가는 중환자가 입원하거나 심폐소생술이 여기저기서 터지는 순간에는 정말 두 손 두 발 다 들고 밖으로 뛰쳐나가고 싶게 만드는 곳이 중환자실이었다.

*

그 당시 나는 꽤나 강박적이었다. 어떤 일이 언제 어디서 터

질지 모르는 중환자실에서 순서대로 정해진 일을 가장 빠른 시간 안에 처리하는 것만이 유일하게 살아남는 법이라는 걸 막 깨우치기 시작한 때였다. 부분 목욕 시간이었고 내게는 시간이 별로 없었다. 조금 전 중환자 한 명이 응급실로 들어왔다는 전화를 받은 후였다. 교통사고를 당한 중증외상환자라 기본적인 처치는 응급실에서 이루어질 것이다. 조금 안심이 되면서도 꼭 해야 할 환자들의 부분 목욕을 끝내지 못할 수도 있다는 불안감이 엄습해왔다. 빠른 속도로 한 명 한 명의 환자들을 소독하고 닦아내기 시작했다. 그리고 마지막은 동갑내기 그녀의 차례였다. 양치를 시키고 진물이 가득한 두 눈을 식염수로 닦을 때는 얌전했다. 이제는 정말 마지막인 그녀의 회음부 간호를 위해 이불을 걷는 순간, 갑자기 날카로운 비명소리와 함께 그녀의 두 발이 내 얼굴을 향해 날아오기 시작했다.

갑자기 생긴 심폐소생술이나 상태가 안 좋은 환자가 입원하면 근무를 마친 후에라도 부분 목욕은 꼭 시키고 나서야 퇴근했다. 그날 밤, 교통사고 환자는 생각보다 빠르게 중환자실로 들어왔고 밤새 안정세에 접어들 때까지 정신없이 뛰어다녀야 했다. 퇴근을 앞두고 다시 그녀의 회음부 간호를 시도했지만 끝내 실패했다.

'안 하면 나야 편하지 뭐.'

결국 포기하며 돌아설 때 그런 생각을 했던 것 같다. 해야 할 일을 하겠다는 것이 발길질을 당할 일인가 싶어 은근히 화가 치밀어 올랐다. 며칠 후 이상 행동을 하는 그녀의 정신감정이 나왔다. 정신과 의사와의 면담이 고스란히 기록되어 있었다. 담당 간호사인 나는 그 기록을 읽어 내려가며 점점 얼굴이 빨개지고 있었다. 기록을 다 읽고 나서야 나는 내가 얼마나 나쁜 간호사였는지를 알게 되었다. 그녀는 전형적인 외상 후 스트레스 장애였다. 흔히 감당할 수 없는 사고를 당한 사람에게 보일 수 있는 증상이었다. 하지만 그녀에게는 다른 무언가가 더 있었다. 같은 날 같은 사고를 당한 다른 사람들보다 유독 그녀의 증상이 심했던 건 바로 그 일 때문이었다.

비행기 추락 후 충격으로 의식을 잃은 그녀가 막 깼을 때 불과 얼마 전까지 신이 나 수다를 떨었던 옆자리 언니가 불에 타고 있었다. 주변 사람들은 대부분 화염 속에 갇혀 있었고 여기저기서 고통 가득한 비명소리가 그 안을 가득 채우고 있었다. 화상을 입은 얼굴과 가슴 부위가 아픈지 어떤지도 모를 공포가 엄습해왔다. 오직 여기를 빠져나가야 한다는 생각만 가득했다.

그녀는 죽었는지 살았는지 모를 사람들 사이를 비집고 바닥을 기어가기 시작했다. 주위는 어두웠고 연기로 숨을 제대로 쉴 수조차 없었다. 얼마나 지났을까. 갑자기 여러 개의 불빛과 함께 사람들의 인기척이 느껴졌다. 구조대인 줄 알았고 이 제는 살 수 있겠다 싶었다. 그래서 살려달라고 마지막 힘을 다 해 목 놓아 소리쳤다. 하지만 이상했다. 불행하게도 그들은 구 조대가 아니었다.

그들은 마치 사람들의 신음과 비명소리는 하나도 들리지 않는 듯 바로 눈앞에서 살려달라고 애원하고 있는 그녀보다는 흩어진 물건들에 더 관심을 보였다. 여기저기 떨어진 가방들 을 먼저 주웠고 지갑과 소지품들을 줍기 시작했다. 살았는지 죽었는지 모르는 사람의 손목에서 시계와 반지를 빼냈다. 도 저히 믿을 수 없는 광경이었다. 그리고 마침내 그들 중 일부와 눈이 마주쳤다. 그들이 히죽거리며 다가오자 그녀의 몸이 움 츠러들었다. 그들이 그녀의 치마를 들추는 순간, 그녀는 또다 시 의식을 잃고 말았다.

그녀에게 나는 그 무서운 기억을 다시 떠오르게 하는 사람 이었다. 그녀의 거친 저항과 처절한 발길질의 의미를 난 알지 못했다. 어쩌면 회음부 간호를 포함한 그 당시 환자를 위한다 고 믿었던 내 모든 행위들은 어쩌면 환자들을 위한 일이 아니 라 나 자신의 만족을 위했던 일이었는지도 몰랐다. 나와 동갑 내기면서 동시에 나 자신을 돌아보게 만들어준 그녀는 그 후 무사히 퇴원했다.

*

그 후로 10년이 지났다. 그녀와 나는 다시 서른네 살의 동갑내기가 되었고 TV 뉴스에는 그녀의 사진이 나오고 있었다. 앵커는 그사이 그녀의 행적을 설명했다. 미국으로 이민을 갔으며 수술을 몇 번 더 받아 더 이상 화상의 흔적은 찾아볼 수 없다고. 미국에서 시작한 의류사업이 승승장구하며 유망한 사업가가 되었다고. 수영장이 딸린 제법 큰 그녀의 저택이 보였다. 앵커는 수영장에서 그녀의 시신이 발견되었고 용의자는 얼마 전 결혼한 백인 남성이라고 말했다. 갑자기 눈물이 왈칵 쏟아졌다.

끔찍한 사고의 기억을 안고 또다시 미국행 비행기에 몸을 싣기까지 그녀에게는 많은 용기가 필요했을 것이다. 죽음을 두 번씩이나 맞닥뜨린 그녀의 삶은 그녀가 나와 동갑내기라는 이유 때문인지 기구함을 넘어 두려움으로 내게 무섭게 다가왔다. 그녀가 롤러코스터 같은 삶을 사는 동안 내 삶은 한결같았고 단조로웠다. 어떤 삶이 더 나은 삶인지 나는 여전히 알 수 없었다.

중환자실의
이방인들

조현병을 앓는 한 남성이 강남역의 한 화장실에서 얼굴도 모르는 20대의 여성을 살해했다. 일명 '묻지마 범죄'였다. 사회 분위기가 뒤숭숭해졌고 이유 없이 죽어간 희생자를 기리는 시민들의 추모 행렬이 이어졌다. 뉴스 속 인터뷰에 응한 몇 명의 사람들은 조현병에 대한 막연한 두려움과 한탄을 토해내며 급기야는 조현병 환자들을 모조리 사회에서 추방해야 한다는 다소 과격한 주장을 펼쳐댔다. 이어서 왜 이런 잔혹한 일을 벌였는지에 대한 토론은 조현병에 대한 병리적 해석과 함께 그가 자라온 환경과 어릴 때 성격 등을 분석하느라 점점 더 열기를 더해갔다.

*

30대 후반의 한 남자가 한밤중에 스스로를 제어하지 못하겠다며 응급실로 혼자 걸어 들어왔다. 그는 오래전부터 조현병을 앓고 있었다. 야간의 정신과 병동에는 낮보다 적은 수의 간호사와 보조원이 있었기 때문에 난동 등 만에 하나 일어날 불미스러운 일을 막아내기에는 역부족이었다. 그래서 중환자실로 입원 후 다음 날 정신과 병동으로 전실하기로 결정되었다. 온갖 의료기기를 연결한 중환자가 가득 누워 있는 중환자실에서 멀쩡해 보이는 그는 마치 이방인처럼 보였다. 그는 그렇게 하룻밤 동안 내게 맡겨졌다. 간단한 병력 작성을 하며 그에게서 눈을 떼지 못했던 것은 그의 두 눈이 유난히 반짝거렸기 때문이었다. 흔히 말하는 광기狂氣가 두 눈에 가득했다. 주위를 탐색하듯 한참 천천히 돌아가던 그의 눈동자가 어느 순간 천장 구석에서 멈추었다. 그러고는 내게 얼굴을 들이밀고 귓속말하듯 소곤거렸다.

"저기 CCTV가 걸려 있어."

때는 1990년대였다. 범죄를 예방하기 위해 카메라로 녹화하는 CCTV라는 게 있다는 것은 알았지만 내 눈으로 본 적조차 없던 때였다.

"저기 CCTV가 있다니까!"

그의 두 눈은 이제 광기뿐 아니라 짜증 섞인 표독스러움으로 차오르고 있었다. 그의 말을 믿는 척이라도 해야 했다. 사생활 보호를 위해 비치된 스크린 두 개를 모두 펼쳐 그의 침대를 가려주었다. 그는 어디에 설치되었는지 가늠조차 안 되는 CCTV의 사각지대까지 내게 가르쳐주었다. 그의 말대로 스크린 두 개를 이리저리 밀고 끌던 나는 그제야 비로소 표독스러운 짜증이 사라진 그의 두 눈을 제대로 볼 수 있었다. 그는 보이지 않는 CCTV에서 더 멀어지려는 듯 침대 바닥에 바짝 엎드리더니 안심이 되었는지 갑자기 묻지도 않은 자신의 이야기를 털어놓았다.

그는 서른아홉 살이었고 일곱 살 된 아들이 있으며 얼마 전 아이엄마가 가출했다. 그 새벽은 더는 입원 환자가 없었고 마침 다른 환자들도 별 탈 없던, 드물게 고요하던 시간이었다. 그의 침대 곁으로 아예 의자를 가져다놓고 그의 이야기를 듣기로 했다. 그래야 할 것 같았다. 그는 무슨 이야기든 하고 싶어했으니까. 한참 두서없이 자신의 이야기를 털어놓던 그가 하품을 하기 시작했고 나는 안심이 되기 시작했다. 드물게 고요했지만 해야 할 일이 없던 것은 아니었다. 사실은 그에게 너무 많은 시간을 빼앗기고 있었다. 내게 맡겨진 다른 환자들의 활력징후와 소변량을 체크해야 했고 저녁에 입원한 심정지 환자의 약물도 교체해줘야 할 시간이었다. 그런 다음에는 의식 없는 환자들의 욕창 예방을 위한 자리 정리와 등 마사지, 양치를 시키고 부분 목욕을 하고 회음부 간호를 해야 할 시간들이 기다리고 있었다. 조금씩 조바심이 나기 시작했던 나는 이때다 싶어 쉬라는 말과 함께 자연스럽게 자리에서 일어났다. 그가 갑자기 자신의 점퍼를 주섬주섬 뒤지더니 두툼한 책 한 권을 내게 건네주었다.

"이것 좀 읽어주시면 안 될까요?"

그의 말투는 어느새 존댓말로 바뀌어 있었다. 광기가 사라진 두 눈에는 간절함만이 가득했다. 그의 손에는 해지고 낡은 성경책 한 권이 들려 있었다.

"선생님이 이걸 읽어주시면…… 정말 오랜만에 편안히 잠들 수 있을 것 같은데……."

신뢰감이 잔뜩 묻어나는 말투여서 차마 거절할 수 없었다. 그는 지금까지 자신의 굴곡진 삶과 긴 고통 속 불면의 시간을 동반한 온갖 괴로움들을 모두 내게 털어놓지 않았던가. 받아든 성경책에는 숱한 날들의 고단함이 고스란히 배어 있었다. 기독교인이 아닌 나는 그때 성경책을 처음 펼쳐보았다. 그리고 그가 읽어달라는 '마태복음'을 읽기 시작했다.

"아브라함이 이삭을 낳고 이삭은 야곱을 낳고 야곱은 유다와 그의 형제들을 낳고……."

그의 얼굴에 얼핏 스쳐가는 미소가 보였다. 그 미소는 지금
껏 내가 본 그의 얼굴에는 영영 깃들지 않을 것 같던 행복을 머
금고 있었다. 그는 오랜만에 느끼는 그 행복을 아주 오래오래
맛보고 싶어 했다.

"아브라함이 이삭을 낳고 이삭은 야곱을 낳고 야곱은 유다
와 그의 형제들을 낳고……."

그가 완전히 잠들 때까지 같은 곳을 세 번 반복해 읽었다. 누
군가 얘기를 들어주고 읽어주는 성경 구절에 한없이 행복해하
며 아이처럼 잠드는 그의 모습에 문득 '조현병'이라는 틀 안에 그
를 그동안 너무 외롭게 혼자 놔둔 건 아니었는지. 그 낡은 성경
책을 잠든 그의 곁에 조심히 내려놓으며, 그런 생각이 들었다.

중환자실엔 종종 정신질환을 앓고 있는 사람들이 입원했
다. 그가 앓고 있던 조현병 외에 자살을 시도한 우울증이나 알
코올중독으로 금단 증상을 겪는 사람들이 대부분이었다. 그들
중 누구도 다른 사람들에게 위해를 가하거나 폭력적인 사람은
없었다. 오히려 그들은 드러나지 않은 깊은 마음의 상처로 힘
들어하는 여린 사람들이었다. 그들에게 필요한 건 결코 거창
한 무언가가 아니었다. 그건 아주 조그만 관심이었다.

또 다른 엄마

잠시 중환자실을 떠나 1년 남짓 내과병동에서 근무하던 시절이었다. 그날은 엄마 생신에 맞춰 오랜만에 고향으로 내려가기로 한 날이었다. 아침부터 설레는 마음으로 분주히 병실 문을 넘나들며 점심식사를 마친 환자들에게 약을 나눠주고 있을 때였다. 입원했던 환자의 여동생이라는 한 중년 여성이 찾아왔다. 한참을 머뭇거리다가 그녀가 어렵게 입을 열었다.

"혹시, 김현아 선생님 계신가요?"

그 환자는 엄마와 동갑이었다.

그녀가 위암 수술을 마치고 항암 치료를 위해 병원을 찾은 날, 나는 그녀를 처음 만났다. 병원에 입원하는 사람답지 않게 예쁜 자수가 놓인 개량 한복을 입고 있었다. 곧 투여될 항암제의 정확한 용량 계산을 위해 그녀의 몸무게와 키를 재며 우린 처음으로 말을 섞었고 금방 친해졌다. 그녀도 엄마처럼 남편이 없었고 엄마처럼 남매를 두고 있었다. 소리 없이 입원해서 소리 없이 퇴원하던 참 조용했던 사람이기도 했다.

"저…… 내 침대 좀…… 밖으로 빼주면 안 될까요?"

갑자기 피를 토한 한 환자를 이제 막 중환자실로 옮기고 오던 밤이었다. 그녀가 눈에 띄게 힘들어하던 항암 치료 마지막 날이기도 했다. 그녀는 뜨문뜨문 쉬어가며 어렵게 말을 이어갔다.

"숨 쉬는 게 점점 힘들어져서…… 나 때문에 다른 환자분들이 아마 힘들 거예요……. 내 침대를 복도로 좀…… 빼주면 좋겠는데……."

자신의 숨소리가 같은 병실의 다른 환자들을 불편하게 하는 건 아닌지 지레 걱정하고 있었다. 실제 그녀의 배는 복수가 차면서 부풀어 올라 있었고 숨을 내쉴 때마다 쉰 목소리 같은 거친 소리가 흘러나왔다.

"제가 다른 분들께 양해를 구할게요."

놔둘 곳을 잃은 듯한 그녀의 손을 꼭 잡고서 다른 세 명의 환자와 같이 쓰는 그녀의 병실로 들어섰다. 물론 예민한 환자도 있을 수 있었다. 만약 그들 중 누구 하나라도 거부한다면 간호사인 나도 어쩔 수 없을 것이다. 하지만 그렇다 해도 그녀의 침대를 덩그러니 어두운 복도에 내놓지는 않겠다고 스스로 다짐했다. 병실에 있을 수 없다면 그녀의 침대를 밤새 내 옆에 둘 작정이었다. 한 명 한 명에게 다가가 양해를 구하는 동안 그녀는 차마 침대에 오르지 못하고 고개를 숙인 채 죄인처럼 서 있었다.

다행히 병실의 모든 환자들은 그녀에게 우호적이었고 따뜻했다. 환자들의 혈압을 재고 수액을 갈아주느라 밤새 종종거리며 뛰어다니면서도 내 신경은 온통 그 밤 내내 그녀를 향해 있었다. 그렇게 들여다본 병실 안의 그녀는 거친 숨을 내쉬며 한 번도 편히 눕지 못하고 구부정히 앉아 졸던 서글픈 모습으로 남았다.

"저…… 우리 언니…… 마지막으로 한 번만 만나주시면 안 될까요?"

중년 여성이 조심스럽게 말을 꺼냈다. 한동안 보이지 않던 그녀는 마지막을 준비하며 호스피스 병실에 입원해 있었다. 모든 치료에도 불구하고 자신의 상태가 급격히 악화되고 있음을 스스로 느꼈을 것이다. 자주 내 얘기를 했다고 했다. 내 얘기를 할 때면 얼굴에서 웃음이 떠나지 않았다던, 마지막 순간이 오면 꼭 한 번만 더 나를 만나고 싶다고 당부했다던 그녀…… 벌써 내 두 발은 호스피스 병실을 향하고 있었다.

침대 주위에는 그녀의 임종을 위해 모인 가족들과 지인으로 가득 차 있었다. 그들은 기꺼이 내게 자리를 양보해주었다. 침대 한가운데 그녀가 누워 있었고 그녀의 두 눈은 이미 텅 비어 있었다. 세상의 모든 것들이 사라져버린 눈빛이었다. 깡마르고 고통에 삭아버린 그녀의 몸은 조금씩 생명을 잃어가고 있었다. 예상은 했지만 예상보다 훨씬 낯설었다.

하늘을 향하고 있던 힘없이 펼쳐진 손바닥 위로 조심스레 손을 올려 포갰다. 살짝 걸쳤을 뿐인데도 거칠고 고단했던 시간들이 그 손을 타고 가슴에 너무 아프게 박혔다. 눈물을 가득 머금은 두 눈은 오직 죽음만을 바라보고 있었다. 가족에게도, 그 어떤 소리에도 아무런 반응을 보이지 않았다. 죽음이 너무 가까이 와 있었다.

"저…… 왔어요."

마지막 순간이 오기 전 한 번 더 나를 보고 싶었다는 그녀처럼 나도 그녀가 나를 봐주기를 원했다. 우린 너무 멀리 있었지만 그녀가 힘을 내 나를 다시 돌아봐주기를 간절히 바랐다. 한동안 모든 걸 놓아버린 듯 종잇장처럼 펴져 있던 그녀의 손이 그 위에 얹어진 내 손을 서서히 쥐기 시작했다. 이미 죽음의 어두운 터널에 갇힌 깊은 고통 속에서도 그녀는 마지막 힘을 다하고 있었다. 천장을 향하고 있던 그녀의 두 눈이 나를 향해 아주 천천히 내려왔다. 그것조차 그녀에게는 힘겨워 보였다. 난 그녀에게서 눈을 떼지 않았고 한참 만에야 우리는 다시 눈을 맞출 수 있었다. 우리 눈이 마주친 아주 짧은 그 순간, 비어 있던 그녀의 두 눈동자에는 내가 알던 그녀가 다시 들어와 있었다. 그녀가 나를 향해 예전처럼 미소를 지었다. 얼굴은 고통으로 일그러져 있었지만 그 고통의 틈새를 힘들게 비집고 나온 이 세상에서의 마지막 미소였다. 눈시울이 뜨거워졌다. 그녀를 만나고 나서 내려오는 계단에 주저앉아 한참을 소리 내 울었다.

*

엄마의 생일날에는 오랜만에 모인 가족들과 교외로 소풍을 갔다. 전날 언제 비가 왔는지 가늠조차 되지 않던 화창한 날이었다. 부슬비 내리던 새벽, 그녀는 세상을 떠났다. 신이 나 혼자 앞서가던 엄마가 돌아보며 빨리 오라고 손짓했다. 따스한 햇살 속에서 밝게 웃는 엄마의 얼굴에 마지막까지 나를 보고 싶다던, 내게 또 다른 엄마로 기억된 그녀의 눈부신 미소가 겹쳐 보였다.

그녀와 나는 피 한 방울 섞이지 않은 남이었다. 병원에서 흔히 볼 수 있는 환자와 간호사였다. 그녀가 마지막 순간까지 왜 그토록 간절히 나를 다시 만나기를 원했는지 나는 모른다. 하지만 그녀를 통해 마음을 열면 남이 느끼는 고통과 슬픔도 온전히 내 것이 될 수 있다는 사실을 처음으로 알았다. 그녀의 죽음은 타인인 내게도 가슴이 무너지는 슬픔으로 다가왔고 터진 눈물을 주체할 수 없을 만큼 흔들어놓았다. 그녀의 장례식이 시작되었을 때 그녀의 남은 가족들과 마지막 통화를 했다. 우린 서로 울기만 했지만 전화기 너머로 마음과 마음이 서로를 향해 따스하게 녹아들고 있었다.

우리 눈이 마주친 아주 짧은 그 순간,

비어 있던 그녀의 두 눈동자에는

내가 알던 그녀가 다시 들어와 있었다.

그녀가 나를 향해 예전처럼 미소를 지었다.

얼굴은 고통으로 일그러져 있었지만

그 고통의 틈새를 힘들게 비집고 나온

이 세상에서의 마지막 미소였다.

눈시울이 뜨거워졌다.

그녀를 만나고 나서

내려오는 계단에 주저앉아

한참을 소리 내 울었다.

마지막 면도를
준비하는 시간

아버지는 멋쟁이였다. 어제 입은 옷을 오늘 다시 입는 법이 없었고 매일 아침이면 가장 먼저 면도부터 시작해 때론 수염이 나기는 하는 건지 의심스러울 정도였다. 그런 아버지의 부고를 전해들은 건 고향 제주도로 향하는 그날의 마지막 비행기가 이륙하고 난 직후였다. 뜬눈으로 밤을 새우고 아침 첫 비행기에 올랐다. 장례식장에서 본 아버지의 모습이 낯설었던 것은 그동안 본 적 없던 수염이 수북하게 자라나 있었기 때문이었다.

아버지와 나의 관계는 원만하지 못했다. 부모님은 오랫동안 별거 중이셨고 나는 고향에 내려가도 아버지를 만나지 않았다. 따로 사셨던 아버지는 내가 고향에 다녀오고 난 며칠 뒤 주무시듯 돌아가셨다. 돈독한 부녀 사이가 아니었음에도 수염이 덥수룩한 아버지의 마지막 모습은 시리도록 아픈 상처로 오래도록 가슴에 남았다.

*

오늘도 나는 면도기를 들었다.

첫 번째는 일하던 공사장 3층 높이에서 떨어져 사지가 마비된 중년의 조선족 환자였다. 항상 눈으로만 말을 건네는 그의 턱을 시작으로 조심스럽게 면도를 시작했다. 가족들을 모두 중국에 두고 홀로 타국에서 일하던 그의 노곤한 삶이 느껴지는 수염이었다. 면도를 끝내자 그의 얼굴을 가득 채웠던 노곤함이 잠시 사라졌다. 깨끗이 밀어낸 노곤한 삶이 다시는 얼굴에 묻어나지 않도록 따뜻한 물에 적신 거즈로 구석구석 꼼꼼히 닦아냈다.

두 번째는 갑작스런 뇌출혈 수술 후 의식을 찾지 못한 70대 농부였다. 그의 뺨은 평생 그가 갈았던 논두렁처럼 깊이 파여 있었다. 거즈를 입안에 넣어 볼록하게 만든 후 주름진 곳의 수염부터 밀어냈다. 농부가 사라진 그의 논두렁에도 지금쯤 이 수염 같은 잡초들이 자라났을 것이다. 귀 밑까지 거칠게 자란 수염을 다 깎기까지 긴 시간이 걸렸다. 쉽지 않은 면도였다.

거친 수염으로 뒤덮였던 농부의 얼굴은 이내 잘 정돈된 그의 논두렁처럼 다시 생기가 돌았다.

생과 사의 그 어디쯤에서 끝내 삶으로 끌어오지 못했던 환자들의 마지막 면도를 준비할 때면 늘 아버지의 모습이 겹치곤 했다. 아버지처럼 수염으로 뒤덮인 그들의 얼굴을 아주 오래도록 정성을 다해 면도해주었다.

*

어릴 적 어느 아침, 면도하는 아버지를 잠이 덜 깬 눈으로 신기하게 바라보다가 물어보았다.

"아빠 뭐해?"

"뭐하긴, 면도하지."

"면도는 왜 해?"

"수염은 사람을 초라하게 만들거든."

돈만 아는
사람들

어느 아들이 평생 부모의 부양을 약속했다. 아들을 믿은 부모는 전 재산을 물려주었다. 하지만 약속과 달리 아들은 부모를 방치했고 이에 화가 난 부모가 아들에게 다시 재산을 반환하라는 소송을 했다는 기사를 읽었다. 자식이 부모의 부양을 당연히 해야 하는 게 아니라 약속을 받아야 하고 그 대가를 지불해야 하는 세상이라는 생각과 더불어 그 자식과 부모는 대체 어떤 사람들일까 궁금해졌다. 사실 그런 사람들은 결코 멀리 있지 않았다.

100억대 자산가라는 80대 할아버지는 풍채가 좋고 정갈한 백발의 노신사였다. 평생 이룬 사업은 승승장구했고 얼마 전까지도 직접 운영에 참여할 정도로 열정적이었다. 하지만 그도 세월의 힘을 비켜가지는 못했다. 며칠 전부터 감기 기운이 있었지만 단순한 몸살감기로 알고 가벼이 여긴 게 화근이었다. 감기는 중증 폐렴으로 진행되었고 스스로 숨조차 쉬지 못하자 중환자실로 실려 왔다. 첫 면회 시간에 찾아온 자식들은 중년의 아들과 딸이었다. 둘 다 윤택해 보였다. 아들은 점잖았고 딸은 교양이 넘쳤다.

"모든 치료를 다 해주십시오. 꼭 부탁드립니다."

듬직한 아들은 비장했고 마음이 여린 딸은 연신 눈물을 찍어냈다. 이번엔 딸이 물었다.

"그런데…… 말씀은 언제쯤 하실 수 있나요?"

"인공호흡기를 하고 있는 동안에는 말씀을 하실 수가 없어요."

"그럼 인공호흡기는 언제쯤……?"

"치료를 해봐야 알겠지만…….."

"그럼 빼면 연락 주세요."

그렇게 돌아간 남매는 한동안 오지 않았다. 정해진 면회 시간을 1분이라도 놓칠 새라 면회 시간도 되기 전 중환자실 앞에서 미리 대기하는 여느 가족들과는 대조적이었다. 그들은 오지는 않으면서 하루에 한 번씩 꼬박꼬박 하는 확인 전화는 잊지 않았다.

"우리 아버지 인공호흡기 뺐나요?"

"아니요, 아직······."

뚝.

상태가 어떤지 묻지도 않는 이상한 사람들이었다. 가족들로 붐비는 면회 시간에 만나러 오는 가족 하나 없는 할아버지가 점점 안쓰러워졌다. 폐렴 급성기가 무사히 지나자 마침내 할아버지의 인공호흡기가 제거되었고 동시에 자식들도 분주해지기 시작했다. 딸은 남편을, 아들은 아내를 데려왔다. 때로는 어린 손주들과 친척이라는 사람들까지 몰려와 면회 시간마다 중환자실 앞은 할아버지 가족들로 북적거리기 시작했다. 정신이 오락가락하던 할아버지는 막 치매 판정을 받은 상태였다. 올 때마다 딸은 할아버지의 귀에 입을 대고 다정하게 무언가를 계속 속삭였고 아들은 서류가방을 옆구리에 낀 채 할아버지의 손을 잡고 있었다.

*

"선생님, 지금 병원 앞이 난리예요."

얼마 전 응급수술을 위해 급히 거구의 환자를 옮기느라 다친 허리에 복대를 하고 있을 때였다. 이제 막 출근한 다음 근무 교대 간호사가 탈의실로 들어서자마자 호들갑을 떨었다.

"왜? 무슨 일 있어?"

"그 할아버지 보호자들 있잖아요. 그 아들하고 딸이요. 가족이 두 패로 나뉘어서 지금 병원 앞에서 싸우고 난리예요. 경비 아저씨들이 말리고 있다니까요."

집안에 환자가 있으면 때때로 가족들은 여러 가지 갈등을 일으키기도 하는데 그건 주로 병원비 때문이었다. 가족들의 생계가 달려 있다 보니 그게 가장 예민한 문제였다. 하지만 윤택해 보이는 데다 교양 있어 보였고 둘 다 할아버지에게 나름대로 극진했기에 병원비 문제는 아닐 거라 생각했다. 난 별로 대수롭지 않게 넘겼다. 하지만 우연히 들은 그들의 대화는 놀라웠다.

"아빠, 나 준다는 그 땅 문서 어디다 뒀어? 그거 내 거 맞지? 오빠 거 아니지? 정신 좀 차리고! 맞지? 이따 오빠 오면 꼭 그렇게 말해야 돼. 알았지? 그리고 왜 그, 큰 외손주 시윤이, 시윤이 준다는 아파트 있잖아?"

"아버지, 이거 아버지가 직접 찍으신 겁니다."

이제껏 딸은 아버지와 살가운 대화를 했던 게 아니라 땅과 집을 내놓으라고 엄포를 놓고 있었고 아들은 아버지의 손을 잡은 게 아니라 알 수 없는 서류에 지장을 찍어대고 있던 것이다. 그들 남매 사이에는 점점 냉랭한 기운이 감돌고 있었다. 할아버지의 상태는 호전되었지만 눈빛에는 생기가 없었고 중환자실에 입원해 있는 내내 말 한마디 하지 않았다.

어느 출근길, 병동으로 이실 간 할아버지를 다시 만났다. 할아버지는 휠체어에 우두커니 앉아 있었고 휠체어 옆에는 딸도 아들도 아닌 낯선 간병인이 서 있었다. 할아버지의 모든 재산을 가져간 남매는 그 후로 다시는 병원을 찾지 않았다. 멍하니 천장만 바라보던 할아버지가 곧 요양병원으로 옮긴다는 소식만 전해 들었다.

돈 앞에서 변해가는 인간의 모습은 정말 무서울 정도로 소름이 끼쳤다. 돈은 남매를 탐욕스럽게 만들었고 유일한 혈육을 헐뜯게 하면서 결국은 스스럼없이 가족까지 버리게 만들었다. 남매의 눈을 가리고 귀를 막던 돈의 실체가 내게는 너무도 선명히 보였다. 아마도 그때였을 것이다. 그럴 일은 없겠지만 만에 하나 내가 거액의 자산가가 될지언정 그들처럼 소름끼치는 돈의 노예는 결코 되지 않겠다고 스스로 다짐했다.

에어백과
카시트

첫 아기를 낳은 친한 후배에게 줄 선물로 아기 옷과 신발을 고르기로 했다. 직원은 앙증맞고 아기자기한 핑크색의 여자아이 옷과 어울리는 신발 여러 개를 펼쳐 보여줬다. 그때 내 눈길을 끈 건 엉뚱하게도 진열대에 걸린 카시트들이었다. 내 눈은 아기 옷과 신발들을 향해 있었지만 머릿속에는 얼마 전 중환자실에 입원했던 한 아기 엄마가 문득 떠올랐다.

*

젊은 부부는 시장에서 조그만 야채 가게를 운영하고 있었다. 그날도 여느 날과 같이 새벽에 부부가 함께 물건을 떼러 가는 길이었다. 남편은 운전석에 앉았고 그녀는 옆자리에 올라 탔다. 이른 시간에 돌봐줄 사람이 마땅치 않던 이제 갓 돌을 넘긴 그들의 첫 아이와 함께였다.

교통사고였다. 남편은 다친 곳 하나 없이 멀쩡했고 그녀는 멍든 심장을 안고 중환자실에 입원했다. 눈을 뜨자마자 그녀는 아이부터 찾았다. 그녀의 건너편에 서서 질환에 대해 차근차근 설명하던 주치의는 그녀의 갑작스런 질문에 고개를 돌렸고 두 눈은 당황해 방향을 잃고 있었다.

"그게…… 저…… 아이 아빠와 함께 있습니다."

"우리 아기…… 괜찮은 거죠? 정말이죠?"

"네…… 뭐……."

그녀는 이내 깊은 한숨을 쉬었고 얼굴은 안도의 기쁨으로 채워졌다. 하지만 그녀의 상태는 안도할 만한 상태가 아니었다. 교통사고로 여러 개의 가슴뼈들이 부러지고 으깨지면서도 온전히 심장을 지켜내지 못했다. 심한 충격을 받은 심장 조직에 꽤 많은 피가 고여 있었고 언제 다시 출혈이 발생할지 모르는 상태였다. 만약 출혈량이 조금이라도 늘어난다면 부어오른 심장이 언제든 제 몸을 압박해 스스로 멈출 수도 있었다. 그녀에게는 '절대 안정'이 절대적으로 필요했고 선의의 거짓말이 필요했다.

주치의가 처방을 입력하러 그녀와 멀찍이 떨어진 곳으로 와서 내가 있는 스테이션 건너편에 앉았다. 내가 주치의에게 다시 물었다.

"아기…… 정말 아빠랑 있어요?"

"아니요."

"괜찮긴 한 거예요?"

"괜찮긴요. 그 자리에서 즉사했어요. 아주 곤죽이 돼서……. 하긴 아기가 엄마 에어백 역할을 했으니 엄마가 저 정도로 끝난 거죠. 아기가 아니었으면 아마 엄마가 즉사했을 걸요."

부부의 트럭에는 카시트가 없었다. 아기가 칭얼대기 시작하자 그녀는 아기를 품에 안은 채 조수석에 올랐다. 그녀는 아무것도 모르고 있었다. 주치의의 선의의 거짓말이 이해되면서도 앞으로 사실을 알게 될 그녀가 점점 더 염려됐다.

"우리 아기, 여기 혹시 왔었나요?"

"아기는…… 여기 올 수 없어요. 중환자실이라 아기는 면회가 안 돼요."

"아, 그렇군요. 아까 우리 아기 소리를 들은 것 같아서……. 이제 막 말을 배우고 있거든요."

그녀의 얼굴엔 아련한 미소가 번졌지만 반대로 나는 점점 마음이 무거워지고 있었다. 심장 벽에 고여 있던 피들은 다행히 더 늘어나지는 않았지만 줄어들지도 않고 있었다. 그녀의 심장은 여전히 무거운 핏덩이를 옆구리에 안은 채 힘겹게 뛰고 있었다. 마침내 심장에 부담을 주던 핏덩이를 제거하는 시술이 결정되었다. 혈관 조영실에서 방사선을 통해 몸의 영상을 보면서 정밀하게 심장에 관을 꽂는 고위험 시술이었다. 시술이 무사히 끝나고 그녀는 남편과 면회를 했다. 아내 앞에서 연신 고개를 숙이며 어쩔 줄 몰라 하면서도 주치의의 당부를 떠올리며 그는 어색하지만 충실한 연기를 하고 있었다.

"안 데리고 왔어? 들어오진 못하더라도 문 앞에서라도 얼굴 좀 보여주지."

"엄마 집에 잠깐 맡겼어."

"어머님도 힘드실 텐데…… 나 찾지 않아?"

"어? 찾지."

"많이 보챌 텐데. 이제 좀 있으면 병실로 갈 수도 있대. 그땐 꼭 데려와. 알았지?"

"그래……."

*

아이는 화장을 했다고 했다. 면회를 마치고 돌아서는 초췌한 남편의 눈에는 짙은 자책의 눈물이 고여 있었다. 그건 본능

228

이었다. 운전을 하던 남편은 사고가 나던 그 짧은 순간 핸들을 급히 돌렸다. 생각 따위는 끼어들 틈이 없었다. 단지 위험에 빠진 제 몸을 보호하려는 동물적인 감각이었다. 그 바람에 운전석은 멀쩡했고 자신은 무사했다. 대신 조수석이 형체를 잃으면서 그는 그의 첫 아이를 잃었고 아내를 죽음의 문턱에 이르게 했다. 중환자실 문을 나서자 마침내 그의 얼굴에서 참다 못한 눈물이 쏟아져 흐르기 시작했다.

젊은 두 부부의 모습이 머릿속에서 사라지고 난 뒤 내 눈앞에는 아직 결정하지 못한 아기의 옷과 신발들이 보였다. 한참을 망설인 끝에 나는 아기 옷과 신발 대신 카세트를 고르기로 마음을 바꿨다.

아기 사진에
붙어 있던 밥알

어느 늦은 오후, 친구와의 저녁 약속을 위해 백화점과 맞붙어 있는 지하철역에 내렸다. 백화점 정문까지 미로처럼 좁은 통로가 이어졌다. 사람들 사이를 빠르게 비집으며 걷는 내 눈에 어두운 복도 한 켠 바닥에 드문드문 신문지를 깔고 누워 있는 노숙자가 들어왔다. 모퉁이를 돌자 이번에는 맞은편 명품관에서 사람들이 손에 쇼핑백을 하나둘씩 들고 쏟아져 나오고 있었다. 그때 내 눈에 들어온 지하철역 화장실 앞에서 종종거리던 걸음이 일순간 멈추었다.

그곳은 그녀가 있던 곳이었다. 너무 다른 두 세계 사이에 그녀가 있었다.

*

어느 겨울 새벽, 인적 드문 이 지하철역의 여자 화장실에서 그녀는 혼자 밖으로 터덜터덜 걸어 나왔다. 앞으로 한 걸음 내딛을 때마다 그녀의 다리 사이로 한 움큼씩 핏덩이가 쏟아져 내렸다. 그녀가 걸어 나온 화장실에서는 이제 갓 태어난 아기의 울음소리가 가냘프게 울려 퍼졌다.

그녀는 정신지체 노숙자였다. 그리고 말을 못하는 산모였다. 경찰은 성폭행으로 인해 아이를 낳은 것으로 잠정 결론을 내렸다. 가족이 없고 사는 곳도 일정하지 않아 누가 아기 아빠인지 밝혀내기 힘들 것 같다고 했다. 아기는 다행히 목숨을 건져서 어느 입양 기관의 보호를 받는 중이었지만 겨울의 차디찬 화장실 바닥에 오랫동안 방치되어 있었기에 건강이 염려되는 상황이었다.

그녀는 정신지체였던 만큼 손이 많이 가는 산모였다. 스스로 할 수 있는 것이 없었고 하려고 하지도 않았다. 감염을 막기 위해선 씻기는 게 우선이었다. 역한 냄새가 올라오는 그녀의 옷을 벗기자 낡은 비늘 같은 하얀 가루들이 몸에서 우수수 쏟아져 내렸다. 아기를 낳은 회음부는 아무렇게나 터져 있었고 아기에게 물려야 할 젖가슴은 부풀어 올라 딱딱하게 굳어 있었다. 산부인과에서 찢어진 회음부를 봉합했고 나는 뜨거운 물수건으로 그녀의 가슴을 마사지하기 시작했다. 돌덩이처럼 굳어 있던 그녀의 젖가슴에서 모유가 왈칵 쏟아져 나왔다.

그녀의 삶은 사람의 삶이 아니었다. 그녀는 태어날 때부터 정상이 아니었고 아주 오래전에 버려졌다. 정확한 나이와 이름도 알 수 없었다. 정착해 사는 곳이 없었으니 주소도 없었다. 말조차 배우지 못했기에 세상은 그녀에게 마치 살아남아야 하는 거친 정글과 같았을 것이다.

그동안의 삶이 어찌나 고단했던지 그녀는 한동안 아주 깊은 잠에 빠져 있었다. 유일하게 깨어 있는 시간은 오직 식사 시간뿐이었다. 밥 냄새를 맡으면 어느새 일어나 앉았고 두 눈은 유난히 반짝거렸다. 끼니마다 산모를 위해 한 대접씩 나온 미역국을 한 방울도 남김없이 게걸스럽게 먹어댔고 그릇까지 핥아댔다. 배고픈 그녀에게 누군가 빵 한 조각으로 다가와 그녀를 유린했을지도 모른다. 가슴이 답답해져왔다.

입양 기관에 있는 사람들이 그녀를 찾아왔다. 아기의 입양을 위해 필요한 절차라고 했다. 그녀는 이 낯선 사람들을 두려워했다. 숨으려 했고 눈을 마주치지 않으려 했다. 하지만 그들이 가져온 아기의 사진을 보여주자 그녀의 눈빛이 변하기 시작했다. 그들은 아기의 사진을 그녀에게 주었고 대신 그녀에게서 손도장을 받아갔다.

그녀의 몸이 어느 정도 회복되자 시립병원으로 옮기기로 했다. 그녀가 떠나는 날 머리를 감기고 목욕을 시켰다. 깨끗한 환자복으로도 갈아입혔다. 헝클어진 머리를 빗기자 그녀가 처음으로 배시시 웃었다. 병원 앞에는 그녀를 시립병원으로 옮겨줄 이송차가 대기하고 있었다. 그렇게 그녀를 태운 휠체어가 떠난 뒤 나는 그녀의 흐트러진 침대를 정리하기 시작했다.

이불을 걷어내자 먹다 남은 밥과 반찬들이 떨어져 내렸다. 얼마 전 우리가 건네준 과자도 한주먹이나 베갯잇 안에 숨겨져 있었다. 그리고 미처 챙겨 가지 못한 그녀의 아기 사진이 있었다. 사진 속 아기 입에는 몇 개의 말라비틀어진 밥알이 붙어 있었다. 그녀는 아무도 모르게 아기에게 밥을 먹이고 있었던 것이다. 순간, 눈시울이 뜨거워지면서 마음이 급해지기 시작했다. 그녀가 떠나기 전에 아기 사진을 다시 그녀에게 돌려주어야 했다.

점심에 어느 보호자가 두고 간 빵들을 닥치는 대로 비닐봉지에 쓸어 담아 뛰어 내려갔다. 병원 앞에서 그녀가 막 이송차에 오르고 있었다. 그녀의 손에 아기 사진을 쥐어주었다. 가지고 온 비닐봉지도 같이 들려주었다.

"혹시 누가 따라오라고 해도 이제는 절대 따라가면 안 돼요. 알겠죠?"

막 출발하려는 이송차 때문에 마음이 조급해진 나는 있는 힘껏 그녀에게 소리쳤고 비닐봉지 속에 담긴 빵을 본 그녀는 또 한번 배시시 웃었다.

그녀를 태운 이송차가 내 눈에서 점점 멀어질 때 난 백화점 명품관과 노숙자들이 누운 차가운 바닥 그 사이 어디쯤에서 태어난 그녀의 아기를 떠올렸다. 엄마의 따스한 품에 한 번도 안겨보지 못하고 엄마의 체온이 담긴 젖 한 번 빨아보지 못한 그녀의 아기는 여자아이라고 했다.

세상이 그 아이에게만은 따스하기를, 그 아이의 삶은 엄마 보다는 나은 삶이기를. 그녀를 태운 이송차가 완전히 사라질 때까지 한참 그곳에 서서 간절히 바라고 또 바랐다.

이불을 걷어내자
먹다 남은 밥과 반찬들이 떨어져 내렸다.
얼마 전 우리가 건네준 과자도
한주먹이나 베갯잇 안에 숨겨져 있었다.
그리고 미처 챙겨 가지 못한 그녀의 아기 사진이 있었다.
사진 속 아기 입에는 몇 개의 말라비틀어진 밥알이 붙어 있었다.
그녀는 아무도 모르게 아기에게 밥을 먹이고 있었던 것이다.
......
세상이 그 아이에게만은 따스하기를,
그 아이의 삶은 엄마보다는 나은 삶이기를.
그녀를 태운 이송차가 완전히 사라질 때까지
한참 그곳에 서서 간절히 바라고 또 바랐다.

기억을
잃는다는 것

엄마가 제법 요란한 효과음과 함께 한참 동안 스마트폰에 빠져 있었다. 돋보기안경이 코끝에 매달린 진중한 표정과 신중한 손가락의 움직임은 흡사 무언가를 발견하고자 애쓰는 연로한 과학자 같기도 했다. 호기심에 들여다보니 빈칸을 채우는 퍼즐 게임이었다. 엄마의 손가락은 머뭇대고 있었고 두 눈은 깊은 생각에 빠져 있었다. 웃음이 터져 나왔다.

"난 또 뭘 그렇게 열심히 하나 했네."

빙글거리며 웃는 내게 머뭇거리던 손가락을 멈추고 엄마가 쏘아봤다.

"이게 다 너를 위한 거야. 알지도 못하면서."

"그게 무슨 나를 위한 거야? 그게 고스톱보다 더 재미있어?"

"재미는 뭐……. 고스톱이 더 낫지. 근데 이거 얼마나 깊이 생각해야 하는지 아니? 치매 예방용으로 딱이더라. 이게 다 나중에 너 고생하지 말라고 하는 거야."

다시 엄마의 눈이 당당히 스마트폰으로 향했다. 일흔을 바라보는 엄마에게 치매는 결코 만나고 싶지 않은 상대였다. 여느 때처럼 고스톱 게임으로 무료한 시간을 보내던 엄마는 기계가 점수를 계산해주는 고스톱은 치매 예방에 별 도움이 되지 않는다는 생각이 들었고, 대신 세 가지 모형을 맞추고 난 다음 어떤 모형이 나올지 몰라 미리 대비해야 하는 새로운 형식의 퍼즐을 택했다. 엄마의 소심한 치매 예방 프로젝트는 그렇게 진행 중이었다.

*

내과 병동에 근무하던 어느 겨울이었다. 밖은 세상의 모든 것을 얼려버릴 것 같은 영하 15도의 매서운 바람이 연신 창문 틈으로 휘파람을 불어대던 을씨년스러운 겨울밤이었다. 이제 막 출근한 밤 근무 간호사들이 두 손을 비비며 밖의 날씨가 얼마나 매서운지 코끝에 얼음이 얼었다며 호들갑을 떨고 있을 때였다. 나는 밤 근무번에게 할 인수인계를 준비하느라 마음이 급해졌다. 그날은 환자가 오후 내내 줄을 이어 입원하는 바람에 새로운 환자들에 대한 과거의 질병 등을 파악해 복용하던 약품들을 확인해야 했고 그들이 내일 받아야 할 많은 검사에 차질이 없도록 준비할 사항들을 꼼꼼히 챙겼다. 인수인계를 위해 간호사들이 막 모여든 순간, 하루 종일 치매 엄마를 그림자처럼 따라다니던 중년의 딸이 비명을 지르며 뛰쳐나왔다.

"우리, 우리, 엄마가 없어졌어요!"

딸은 엄마가 잠든 걸 확인하고 잠시 자리에 누웠고 하루 종일 엄마를 따라 다니느라 지친 몸은 곧 깜빡 잠에 빠져들었다. 정확히 30분 후 딸이 다시 눈을 떴을 때 엄마가 누워 있어야 할 침대는 비어 있었다. 병실을 둘러보고 화장실을 뒤졌다. 혹시나 싶어 다른 병실을 다 뒤져본 후에야 딸은 매서운 바깥 날씨를 떠올렸다. 순간 정신이 아득해졌다. 허우적거리며 달려온 딸은 자책 가득한 신음소리 틈새로 울음소리를 내고 있었다. 두 발은 잠시도 쉬지 않고 바닥을 동동 굴렀고 어깨와 두 손은 떨고 있었다.

중증 알츠하이머였다. 68년간 쌓아온 모든 기억을 잃어버린 그녀가 사라졌다. 구부정히 앞만 보고 복도를 종종 걷던 그녀의 실루엣이 어딘가에서 길을 잃은 채 헤매고 있을 터였다. 우선 흩어져 다시 병실을 뒤지기로 했다. 하지만 10개의 병실

안과 복도를 채우고 있던 그 누구도 그녀가 사라지던 순간을 기억해내지 못했다. 유령 같은 증발이었다.

간호사실 앞에 엘리베이터와 중앙계단이 있었다. 엘리베이터의 문이 열릴 때마다 많은 사람들이 쏟아져 내렸고 또 그만큼 많은 사람들이 비집고 들어갔다. 사람들을 따라 엘리베이터를 탔다면 층마다 열리는 엘리베이터에서 사람들에 휩쓸려 다른 층에 내렸을지도 모른다. 층마다 비슷한 구조의 병동들이 있었기 때문에 착각하고 다른 병동의 빈 침대에 누워 있을 수도 있었다. 서둘러 여섯 곳의 병동에 전화를 걸었고 직접 확인하기 위해 간호사들이 다른 병동으로 뿔뿔이 흩어졌다. 복도 끝에 비상계단이 있었지만 아무도 다니지 않는 외진 곳이라 그곳으로 가지는 않았을 것이다.

하지만 시간과 공간, 사람들이 사라져버린 그녀의 머릿속은 그녀 자신을 어디로 이끌지 아무것도 장담하지 못했다. 경비실에 중앙계단을 찾아봐달라는 부탁을 하고 어두운 비상계단을 향해 뛰었다. 1층만 아니기를. 엘리베이터 1층 문이 열리면 바로 앞에 정문이 보였고, 정문을 나서면 차들이 달리는 큰 도로가 있었다. 게다가 그녀는 맨발이었다.

비상계단과 중앙계단 그 어디에서도 그녀는 발견되지 않았다. 다른 병동을 뒤지던 간호사들이 돌아와 울상을 지으며 고개를 저었다. 우려가 현실이 되는 순간이었다. 얇은 병원복 하나만 걸치고 맨살을 드러낸 발로 영하 15도의 어둡고도 매서운 겨울 밤 속으로 그녀가 사라진 것이다. 시간이 없었다. 바로 경찰에 도움을 청했고 그녀가 사라진 지 1시간이 막 지났을 때 그녀의 딸은 경찰차에 올랐다. 경찰차는 병원을 중심으로 서서히 반경을 넓혀갔다.

병원에 남은 나는 암담했다. 분명 그녀는 내 앞을 지나쳤을 테고 인수인계 준비를 하느라 정신이 없던 나는 가여운 그녀를 놓치고 말았을지 모른다. 누군가 그녀의 맨발을 보았더라면, 이 한겨울 날씨에 맨발인 그녀에게 조금만 관심을 가져줬더라면……. 열리고 닫히는 엘리베이터의 사람들 속에 섞여 아무 일도 없다는 듯 맨발로 종종거리며 병원 문을 나섰을 그녀의 뒷모습이 서늘하고도 무거운 자책감으로 밀려왔다.

길고 긴 기다림의 시간이었다. 입안이 바짝 말라가던 겨울밤의 중간쯤에 와서야 병원에서 보통 성인 걸음으로 30분은 족히 걸리는 어느 지하철역 근처에서 그녀를 찾았다는 연락이 왔다. 다급히 1층으로 내려갔다. 딸은 주저앉아 휠체어에 앉은 엄마의 흙 범벅이 된 두 발을 부둥켜안고 있었다. 엄마의 얼굴은 백지장처럼 핏기 하나 없었고 얼어붙은 길에서 넘어져 긁힌 자리에는 피가 맺혀 있었다. 딸은 결코 멈추지 않을 것 같은 뜨거운 오열을 쏟아내고 있었지만 마치 엄마에게는 들리지 않는 듯했다.

그녀의 머릿속처럼 얼굴에는 그 어떤 감정도 실려 있지 않았다. 그녀의 몸은 자식을 기억하지는 못하면서 추위는 기억하고 있었다. 연신 떠는 차가운 몸에 두꺼운 담요를 덮어주었다. 담요 위로 끊임없이 딸의 눈물이 쏟아져 내렸다. 연신 엄마의 얼굴을 쓰다듬으며 울부짖는 딸과 우두커니 앉아 있는 엄마의 모습은 나와 내 엄마의 모습으로 겹쳐져 아주 오랫동안 가슴에 남았다.

언젠가 치매 환자가 있는 가정을 다룬 다큐멘터리를 보았다. 생계를 위해 돈을 벌어야 하는 남은 가족들은 자리를 비운 사이 치매 환자가 가출하는 것을 막기 위해 울면서 밖에서 문을 잠갔고 좁은 방에 홀로 갇힌 환자는 같은 곳을 쉬지 않고 뱅뱅 돌았다.

기억을 잃는다는 것은 가족들에게도, 환자에게도 너무나 잔인한 일이었다. 평생 일만 하시다 하필 마지막에 치매를 앓다 돌아가신 할머니 생각이 났다. 할머니는 제대로 앉지도 못하면서 파마를 하러 가야 한다고 하셨고, 간식을 드리면 드시지 않은 채 끊임없이 어딘가에 숨겨두셨다. 냄새 나는 곳을 열어보면 썩어버린 과일들이 모여 있었고 곰팡이 핀 빵들이 있었다. 마지막 순간에는 손주들 중 가장 가까웠던 나를 보며 누구냐고 끊임없이 물으셨다. 태어나면서부터 내가 알았던 할머니는 마지막에는 내가 모르는 사람이 되어 그렇게 세상을 떠나셨다. 치매 엄마를 둔 그녀가 나로 겹쳐 보였던 이유는 아마도 이런 할머니와의 무겁던 기억 때문이었을 것이다.

꽃잎 몇 장 떨어져도
꽃은 꽃이다

어느 나라에서 인간의 뇌 회로를 통해 자유자재로 움직이는 의족을 개발했다는 뉴스를 보았다. 한 손을 잃은 소녀가 로봇 팔 같은 의수를 끼고 손가락 하나하나를 세심하게 움직여 보였다. 양 발에 의족을 달고 달리는 육상선수 모습도 보였다. 문득 두 다리에 의족을 하고 나를 향해 뛰어오던 그 아이가 생각났다.

*

그 아이는 스물두 살의 훤칠한 미녀였다. 20대 초반의 나이에 어울릴 법한 당돌함과 발랄함도 간직하고 있었다. 그 아이는 두 다리에 화상을 입은 채 중환자실에 입원했다. 두 다리는 붕대로 칭칭 감겨 있었고 다른 여느 화상처럼 흘러내린 진물이 붕대 겉으로 조금씩 새어나오고 있었다. 참 예쁘게 생겼는데 안됐다는 생각이 들었다. 그 아이를 이동차에서 침대로 옮길 때 유난히 길고 짙은 아이의 속눈썹을 가까이서 본 누군가가 나지막이 감탄하는 소리가 들렸다.

"이거 붙인 거예요. 얼마 안 해요."

고통에 가득 찬 표정이었지만 아이는 아무렇지 않게 말했다. 예상치 못한 아이의 대답에 여기저기서 웃음이 터져 나오기도 했지만 이내 두 다리를 감싸고 있던 붕대를 풀어내자 일순간 모든 웃음이 숨어버렸다. 살과 뼈를 태워버린 잔해는 형체만 있을 뿐 사람의 다리라고는 도저히 믿을 수 없었다.

건들면 바로 숯처럼 으스러질 것 같은 모습과 함께 살과 뼈를 태운 역한 냄새가 올라왔다. 치솟는 불 기둥이 빨간 혀를 내밀어 아이의 다리를 하나씩 삼키는 모습이 보이는 듯했다. 사람은 고통을 느끼면 본능적으로 피하게 되는 법인데 제 두 다리의 살을 태우고 뼈를 익혀버리는 동안 왜 그 아이는 몰랐을까.

"그날 술을 많이 마셔서 몰랐죠. 뭐."

마치 그럴 수도 있지 않느냐는 듯 오히려 당당한 말투였다.

화재의 원인은 남자친구의 방화였다. 그 아이는 남자친구와 다른 친구 몇몇과 함께 여행을 가서 함께 어울려 술을 마셨다. 그러다 남자친구와 사소한 말다툼을 벌였고 그녀는 홧김에 헤어지자고 했다. 남자친구는 밖으로 나가버렸다. 그러고 나서 한밤중에 그녀가 술 취해 잠에 빠져들었을 때 그녀가 덮고 있던 이불 위로 불을 질렀다. 그런데 다른 비슷한 화재와는 달리 두 다리 외에는 다른 화상이 없이 깨끗했다.

"제가 원래 이불을 다리만 덮고 자거든요. 얼굴을 덮고 잤으면 아주 큰일 날 뻔했죠. 그나마 다행이에요."

한쪽 눈을 찡그리며 밝게 웃는 아이가 내 말문을 막아버렸다. 긍정적이어도 너무 긍정적이었다. 대부분 화상을 입은 환자들이 필연처럼 겪는 우울감은 그 어디에서도 찾아볼 수가 없었다. 너무 어려서 철이 없는 건지 원래 배짱이 두둑한 건지 도무지 갈피를 잡을 수 없는 아이었다.

마침내 길고도 지루한 치료가 시작되었다. 마약성 진통제를 투여하고 하루 한 번 무균실에서 두 다리의 죽은 조직을 긁어내는 고통스런 시간들이 이어졌다. 영혼마저 찢어놓을 듯한 날카로운 비명을 지르고 때로는 혼절을 하고 울부짖는 다른 사람들과는 달리 언제 끝날지 모르는 고통스런 치료를 그 아이는 대견하게도 잘 참아내고 있었다.

하지만 힘든 치료를 참아낸 보람도 없이 결국 그 아이의 다리는 둘 중 하나도 살아남지 못했다. 어쩔 수 없는 선택이었다. 죽은 조직이 살아 있는 다른 조직까지 위협하고 있었다. 제 기능을 잃은 채 점점 썩어가고 있는 두 다리를 절단하는 수술이 결정되자 무덤덤하게 치료를 받아내던 아이도 한동안 말을 잇지 못했다. 눈에 고인 눈물을 쓱 닦아내던 아이가 어렵게 말문을 열었다.

"나 걷는 거 정말 좋아하는데…… 이제는 영영 다시 못 걷겠죠? 다리는 다시 생길 수 없는 거니까…… 그럼 죽을 때까지 휠체어를 타야 하나……? 난 휠체어 탈 줄도 모르는데……."

"휠체어를 탈 수도 있고, 의족을 하면 당분간 목발을 짚고서라도 걸을 수는 있어. 적응되면 목발 없이 걸을 수도 있고."

"정말 다시 걸을 수 있어요?"

흐려졌던 아이의 눈에 다시 생기가 돌았다. 호기심이 가득 차오른 눈은 내 다음 대답을 독촉하고 있었다. 아뿔싸, 아이는 너무 큰 기대를 하고 있었다.

"응, 그런데…… 적응하기 힘들 수도 있어. 결국 포기하는 사람들도 많고. 그게…… 아무래도 체중이 실리면 균형 잡기도 힘들고 무지 아프기도 하니까……."

"괜찮아요. 저 균형 잘 잡아요. 어릴 때 체조 선수 했거든요. 아픈 것도 잘 참으니까. 그 의족…… 저 꼭 할래요. 해주세요."

일주일 간격으로 그 아이의 몸에서 다리가 하나씩 떨어져 나 갔다. 아이는 더 이상 울지 않았다. 의족에 제 몸을 싣고 살아야 할 아이의 앞날이 절망스럽게 느껴졌지만 아이는 오히려 희망 에 부풀어 있었다. 마침내 절단된 두 다리가 아물어갈 때쯤 마 네킹 다리 같은 두 개의 의족이 도착했다. 아이는 잃어버린 다 리가 다시 살아 돌아온 것처럼 좋아서 비명까지 질러댔다.

상처가 완전히 아물지 않아 바로 의족을 사용하지 못했지 만 아이는 의족에서 잠시도 떨어져 있으려 하지 않았다. 화장 실에 갈 때도 휠체어에 싣고 갔고 밥을 먹을 때도 침대 위에 올 려놓았다. 두 개의 모형 다리가 침대에 걸쳐 있는 기괴한 모습 이었지만 마치 두 번 다시 잃지 않겠다는 듯 밤에는 인형처럼 소중히 끌어안고 자기도 했다.

일반 병실로 옮긴 후 몇 번의 재활 치료를 받고 무사히 그 아이가 퇴원했다는 소식이 들려왔다. 상실의 시간들을 잘 이 겨내고 있는지, 뒤늦게 우울감이 찾아온 건 아닌지 그 아이의 안부가 부쩍 궁금하던 어느 날, 버스 정류장에서 누군가 나를 향해 빠른 속도로 달려오는 게 느껴졌다. 후다닥 둔탁한 발걸 음 소리와 날렵한 움직임은 나도 모르게 뒷걸음치게 만들었 다. 얼굴을 알아볼 틈도 없이 까르르 웃어대는 익숙한 소리가 들렸다.

그 아이였다. 정말이지 구김살이 없는 아이였다.

"저, 전혀 티 안 나죠?"

마치 뽐내듯 제 몸을 앞으로 쭉 내민 아이는 꽉 달라붙는 스키니 진에 멋진 부츠를 신고 있었다. 평범하고 사랑스러운 20대의 모습이었다. 내 눈앞의 아이가 그 아이가 맞는지 나는 한참 동안 눈만 끔뻑였다.

"여름에 짧은 치마를 못 입어서 그게 제일 걱정이에요."

겨우 정신을 차리고 안부를 물었더니 아이는 대뜸 이렇게 대답했다. 마치 다리가 굵어 짧은 치마를 못 입는 게 불만이라는 듯. 그리고 여전히 아무렇지 않다는 듯, 긴 시간의 병원 생활과 그 과정에서 두 다리를 상실했던 시간들이 마치 처음부터 존재하지 않았던 것처럼 아이는 여전히 발랄했고 당돌했다.

*

자주 다니는 산책길에 누가 뜯다 말았는지 한창 피어나는 꽃잎이 반쯤 떨어져 나간 코스모스 한 송이가 눈에 들어왔다. 마저 떼어낼까 하다가 아직은 어린 꽃이라 그냥 놔두기로 했다. 비록 꽃잎 몇 개가 없어도 그건 코스모스였다. 비 온 후 다시 찾은 그곳에서 반쪽만 남은 꽃잎들이 활짝 피어나 있었다. 그 모습은 상실에 갇혀 있기보다는 적극적으로 세상을 향해 달려가던 그 아이와 어딘지 모르게 닮아 보였다. 반만 남은 나머지 꽃잎은 그 어떤 꽃보다도 탐스러웠다. 그것만으로도 충분히 아름다웠다.

자주 다니는 산책길에 누가 뜯다 말았는지

한창 피어나는 꽃잎이 반쯤 떨어져 나간

코스모스 한 송이가 눈에 들어왔다.

비록 꽃잎 몇 개가 없어도 그건 코스모스였다.

비 온 후 다시 찾은 그곳에서

반쪽만 남은 꽃잎들이 활짝 피어나 있었다.

반만 남은 나머지 꽃잎은

그 어떤 꽃보다도 탐스러웠다.

그것만으로도 충분히 아름다웠다.

목숨 대신
미국 국적을 선택한 여인

미국 간호사 면허를 취득하기 위해 다시 공부를 시작했다는 후배가 한번 같이 해보지 않겠냐며 넌지시 물어왔다. 그러고 보니 몇 년 전 미국에서 '가장 윤리적인 직업' 1위가 간호사라는 기사를 읽은 적이 있다. 그때 4위가 '내과 의사'였다는 것도 기억에 남았다. 미국 간호사인 사촌 언니가 들려주었던 우리와 사뭇 다른 병원의 풍경이 부러웠던 기억도 떠올랐다.

그래서였을까. 그녀는 끝내 미국 국적을 포기하지 않았다.

*

유방암이었다. 60대 중반인 그녀는 40년 전 어느 미군을 따라 미국으로 건너가 그곳에서 딸을 하나 낳았다. 그리고 불과 1년 전 홀로 다시 고향으로 돌아왔다. 미국 국적을 포기하지 않았기에 그녀에게는 의료보험이 없었다. 몇 개월 전부터 한쪽 가슴이 단단해지더니 피부를 뚫고 조그마한 상처가 생겼다 사라지기를 반복했다. 의료보험이 없는 그녀는 병원을 찾는 대신 약국에서 소독약을 구입했다. 암 덩어리가 자라 피부 밖으로 터져 나온 줄도 모르고 그녀는 진물이 흐르는 가슴을 혼자서 치료하기 시작했다.

어느 사회봉사 단체를 통해서야 그녀는 겨우 입원할 수 있었다. 중환자실로 곧장 온 건 그녀를 보살필 사람이 아무도 없었기 때문이기도 했지만 그녀의 상처가 너무 심각했기 때문이었다. 한쪽 가슴에 엉성하게 감아놓은 하얀 붕대가 노란 진물로 흠뻑 젖어 있었다. 입고 온 허름한 옷에도 진물이 번져 있었다. 감아놓은 붕대를 벗겨내자 마치 기괴한 암석 모양의 커다란 덩어리 하나가 노란 액체를 뿜어내며 그녀의 한쪽 가슴에 자리 잡고 있었다. 살이 썩는 역한 냄새가 코를 찔렀다.

그녀는 미국에서 믿었던 남편에게 버림받았고 남편을 따라간 딸과도 완전히 연락이 끊겼다. 그래도 낯선 나라에서 어떻게든 홀로 살아남아야 했다. 갈 곳은 없었지만 대신 젊었다. 닥치는 대로 일을 했고 꼬박꼬박 세금을 내며 연금에 가입한 당당한 미국인으로 살았다. 외로웠지만 치열했던 시간들이었다. 그리고 그동안의 노력이 그녀에게 복이 되어 돌아오는 듯했다. 평생 먹고살 연금이 주어질 차례가 되자 그녀는 미련 없이 고향으로 돌아왔다.

한쪽 가슴을 완전히 도려내는 수술이 결정되었다. 수술은 성공적이었다. 진물을 쏟아내던 기형의 덩어리는 말끔히 사라졌고 무난히 아물어가는 수술 상처를 그녀는 제법 만족스럽게 내려다보았다. 하지만 암이었다. 겉으로 보이는 것이 전부가 아닌 암의 속성상 기묘한 덩어리를 언제 어디서든 다시 키워낼 수 있는 암세포가 광범위하게 퍼져 있었고 이미 여러 곳에 전이될 조짐도 보이고 있었다. 항암 치료와 방사선 치료를 위해 미국 국적을 포기하도록 권유했지만 그녀는 거추장스러운 암 덩어리만 떼어내는 것으로 끝내 만족하며 집으로 돌아갔다.

몇 달 후 그녀를 다시 중환자실에서 만났을 때는 암이 뇌까지 전이되어 완전히 의식을 잃은 상태였다. 말끔히 사라진 듯 보였던 가슴의 수술 흔적 위로 전보다 더 기괴하고 고약하게 생긴 커다란 덩어리가 자리 잡고 있었다. 그보다 작은 조그만 암 덩어리들은 몰라보게 숱이 사라진 그녀의 머리 주변과 이마의 얇은 피부 아래를 둘러싸 마치 왕관을 쓰고 있는 착각마저 들게 했다.

그녀의 몸은 허물을 벗어내듯 원래의 모습을 벗고 전체가 암 덩어리로 변해가고 있었다. 주인 잃은 그녀의 물건들이 침대 주변에 빼곡히 쌓여 있었다. 그녀가 입던 얼마 안 되는 옷 몇 벌과 신발이 비닐에 말려 있었고 간신히 기대 걸었을 워커부츠와 낡은 목발이 우두커니 그 곁을 지키고 있었다. 머리맡엔 그녀가 그동안 애타게 기다렸을 연금이 아직 한 번도 입금되지 않은, 빈 통장 하나가 놓여 있었다. 그녀가 이 세상에 남긴 전부였다.

그녀가 미국 국적을 포기하고 항암 치료와 방사선 치료를 제대로 받기만 했다면 완치는 장담하지 못해도 족히 2~3년은 더 건강히 살았을 거라고 주치의가 말했다. 그 시간이면 그녀가 삶에 대한 의지를 불태우고 한 번쯤 자신의 삶을 돌아볼 충분한 시간이 되었을 것이다. 하지만 그녀는 자신이 머물고 있는 현재는 무시하고 오로지 미래만을 바라보았다. 다음 순간 어떤 일이 일어날지 가늠조차 할 수 없는 삶의 변덕을 너무 가볍게 보았다.

생각보다 너무나 빨리 다시 자라난 암 덩이는 그녀가 바라보던 밝은 미래 대신 불과 두세 달 만에 서둘러 그녀를 죽음의 문턱으로 데려다 놓았다. 현재의 시간이 모여 미래가 된다는 말은 사실이었다.

자식 잃은 부모는
영원히 침몰한다

몇 년 전 가습기 살균제가 아이들을 죽음에 이르게 한 사건이 전국을 들썩였다. 폐가 딱딱하게 굳어가다 다시 살아난 아이는 평생 산소 호흡기를 곁에 두고 살아야 하는 가혹한 운명과 마주했다. 피해자 중 6개월밖에 안 된 아기도 있었다. 한창 손길이 필요한 아기의 영정사진을 보는 부모의 마음은 어떨까?

*

어느 젊은 부부가 한밤중에 아기를 안고 황급히 응급실로 뛰어들었다. 이틀 후에 열릴 아기의 백일 준비까지 모두 완벽히 마친 상태였다. 저녁에 잘 먹고 잘 놀다 사랑스럽게 잠이 들었던 아기가 갑자기 숨을 멈추었다고 했다. 원인조차 정확하지 않은 영아돌연사증후군이었다.

응급실에서부터 시작된 심폐소생술은 중환자실에서도 이어졌다. 심장을 향한 압력이 분산되지 않도록 아기의 등에 한쪽 손을 대고 나머지 손의 손가락 두 개에 힘을 주자 너무 작고 여린 가슴이 이내 부서질 것만 같았다. 침에 젖은 채 흐물흐물 빠져나온 아기 손가락만 한 관을 다시 아기의 작은 입으로 밀어 넣고 고정하는 사이 손바닥만 한 앰부 마스크로 아이의 작은 폐에 조심스럽게 숨을 불어 넣었다. 정해진 시간마다 아기의 작은 몸에 맞는 정확한 용량의 강심제가 투여되었다. 그렇게 1시간이 넘도록 완벽한 심폐소생술이 이어졌지만 아기는 깨어나지 않았고 더 이상 울지 않았다.

파랗게 변해버린 아기의 얼굴이 낯설게 느껴졌다. 푸른색은 결코 아기와는 어울리지 않는 색이었다. 가득 찼던 생명이 아기에게서 점차 사라지고 있었다. 밖은 어슴푸레한 새벽녘 속에 해가 막 떠오르고 있었지만 중환자실에서는 다시 돌아올 수 없는 어린 생명이 마지막을 향해 가고 있었다. 길고 긴 밤의 끝에서 마침내 사망 선언이 내려지자 젊은 부부는 한참 동안 서로를 부둥켜안고 울었다. 슬픔으로 채워진 무거운 기운이 순식간에 중환자실 전체에 내려앉았다. 이제는 영안실로 옮겨야 할 시간이었다.

"선생님, 잠깐만 집에 다녀와도 될까요……?"

눈물을 가득 머금은 아기 엄마에게서 따스한 젖비린내가 느껴졌다.

"집이 멀지 않아요. 금방이면 돼요."

다시 돌아온 엄마의 손에는 조그만 가방이 들려 있었다. 제 몸보다 무거워 보이는 하얀 시트 아래에 100일도 채 못 살아낸 그녀의 첫 아기가 있었다. 엄마는 시트를 걷어내고 천천히 아기의 기저귀부터 정성스럽게 갈았다. 모르는 사람이 보면 흔한 풍경이었겠지만 아는 사람이 보면 날카로운 슬픔에 따갑게 베이는 듯 아픈 풍경이었다. 그녀의 손은 떨고 있었고 눈물은 하염없이 볼을 타고 흘러내렸다. 아기가 세상을 떠났어도 그녀는 엄마였다. 아직 한 번도 쓰지 않은 새 손수건으로 아기의 엉덩이를 닦아낸 다음 작고 여린 몸을 씻어냈다.

이제는 더 이상 자라지 않을 아기의 몸에 기대어 깊은 입맞춤을 하자 엄마의 눈물이 아기의 몸 위로 스며들었다. 사람의 마음을 무겁지만 경건하게, 아프지만 내려앉는 침묵 속에 빠지게 하는 풍경이었다. 엄마는 모든 사람들이 지켜보는 앞에서 가만히 가방을 열어 박스를 꺼냈다. 박스 안에는 백일 때 입히려던 순백의 레이스가 달린 새 원피스가 들어 있었다. 오로지 천사만이 입을 수 있도록 허락된 옷 같았다. 마치 잠든 아기에게 옷을 입히려는 것처럼 조심스럽게 늘어진 팔을 소매에 끼웠고 치맛자락을 조심스레 쓸어내렸다. 또 다른 순백의 양말이 아기의 작은 종아리를 덮었고 순백의 머리띠가 아이의 머리를 감았다. 100일도 못 살아낸 아기를 보내는 엄마의 마지막 의식이었다.

아기는 마치 잠든 천사처럼 작고 아름다웠다. 엄마는 영안실까지 아기를 직접 품에 안고 가기를 원했다. 엄마 품에 안긴 아기는 엄마의 한쪽 어깨에 머리를 기댔고 엄마의 온기에 제 몸을 맡겼다. 아빠의 커다란 손이 아기의 머리를 따사로이 어루만졌고 곧 엄마의 어깨를 포근히 감싸 안았다. 그들의 발길이 영안실을 향해 천천히 움직이기 시작했다. 그들의 뒷모습은 완벽했지만 걷는 걸음마다 흥건한 슬픔이 짙게 배어났다.

부모는 자식이 죽으면 자식을 가슴에 묻는다고 사람들이 말했다. 세월호 사고로 많은 아이들이 배와 함께 가라앉고 있을 때 난 TV 앞에 있었다. 발을 동동 구르며 뜨겁게 오열하던 부모들의 모습은 내게 그 아기의 부모를 떠올리게 했다. 자식을 잃은 모든 부모의 마음은 평생 동안 돌덩이처럼 무겁고 흥건한 슬픔을 걷는 걸음마다 짙게 배어나게 한다는 것을 그때야 알 수 있었다.

고향 가는 길

　내 고향은 제주도다. 창문을 열면 언제나 바다가 보이는 학교를 다녔고 사계절을 온몸으로 느끼며 자랐다. 주말에 친구와 어울려 시내를 걸으면 아까 만났던 친구를 두세 번이나 다시 만나기도 하는 작고 아담한 곳이었다. 해가 지는 어둑한 하굣길 버스에 올라 작게 열린 창틈으로 들어오던 향긋한 내음, 지친 마음을 어루만져주던 밤바다와 어선의 불빛, 고개를 들면 어디서나 볼 수 있던 눈 덮인 한라산…….

　그런 고향을 떠나 일하게 된 병원에서 고향 사람을 만났다. 아니, 정확히 말하자면 '아픈' 고향 사람을 만났다. 담도암이었다. 온몸 구석구석 노란색으로 채워지지 않은 곳이 없었다. 담도가 막혀 빠져나갈 곳이 없던 담즙 때문에 생긴 황달이었다. 고향인 제주도에서 치료가 불가능하다고 하자 그녀의 가족들은 잠시도 망설이지 않고 그녀와 서울행 비행기에 몸을 실었다. 50대 중년 여성이었다. 하지만 결과는 암담했다. 수술이 불가능했고 항암제도 무리였다. 도무지 손쓸 수 없다는 똑같은 진단이 내려졌다. 할 수 있는 건 극심한 통증을 줄여주는 진통제뿐이었다. 그녀는 나날이 허약해졌고 나날이 더 노래지고 있었다. 보호자 대기실의 희미한 조명 아래 가족들은 절망 속에서 허우적댔다.

"나…… 이제 가망 없댄 하지예. 경허믄…… 집으로 가믄 안 되카……."

그녀는 마지막을 직감하고 있었다. 고향의 공기를 마시고 익숙한 곳의 하늘을 보고 싶다고. 태어나 평생 자란 고향에서 조용히 삶을 마무리짓고 싶다고 했다. 떠나오는 비행기에서 멀어지는 고향을 바라보는 건 결코 익숙해지는 일이 아니었다. 입사 첫해 언덕만 오르면 보이던 바다가 그리워 습관처럼 높은 곳에 오르고, 그러고도 바다가 보이지 않으면 이내 현실을 깨닫던 내게도 고향은 늘 그리운 곳인데 죽음 앞에 선 그녀는 오죽할까.

"아마 비행기 못 탈 거예요. 상태가 저래서…… 앉아 있지도 못할 거고…… 절차도 꽤 까다로울 텐데."

"절차는 제가 알아볼 테니 선생님은 우선 진단서 좀 작성해 주세요."

주치의는 부정적이었지만 나는 그녀를 꼭 고향으로 보내주고 싶었다. 하지만 절차는 예상보다 훨씬 까다로웠다. 의료진 없이 비행기를 탈 수 있는지, 정확한 상태가 어떤지, 그녀가 가려고 하는 병원에서 받아줄 조건이 되는지 등 예상 외로 많은 서류가 필요했다. 주치의는 내가 일러준 몇 개의 서류를 작성해 다시 내게 맡긴 채 사라졌다. 다른 환자들을 돌보는 틈틈이 서류를 여러 장 복사했고 복사한 서류는 전화로 다시 확인 후 분산해 팩스로 보냈다. 수십 번의 통화와 몇 번의 팩스가 오가고 한참 후 항공사와 병원에서 가능하다는 소식을 전해왔다. 안도감이 밀려왔다.

한창 퇴원 수속을 밟던 중 그녀가 입원할 병원에서 연락이 왔다. 응급실 간호사였다. 공항에서 차를 타고 올 수 있는 상태인지 묻더니 구급차는 가지 않는다고 했다. 그녀는 거동조차 못했다. 갑자기 하늘이 노래졌다. 그녀의 상태를 설명하자 간호사는 난색을 표하며 활주로에 구급차가 들어갈 수 없다고 또박또박 사무적인 말투로 재차 강조했다. 그러려면 또 다른 서류들이 필요하다고 했다. 답답해 화가 치밀어올랐다. 서류가 다 무슨 소용인가.

그녀는 그냥 고향으로 가는 사람이 아니었다. 죽으러 고향으로 가는 사람이었다. 나고 자란 고향의 하늘 아래에서 마지막을 준비하고 싶은 것뿐인데 현실은 너무 절차만을 따지고 있었다. 정신을 차리고 주위를 둘러보니 벌써 오후 4시가 넘어가고 있었다. 주치의는 오후 회진 준비로 이미 사라졌고 퇴원 수속과 동시에 그녀의 이름도 컴퓨터에서 사라진 뒤였다. 내 손에는 여기저기에 보내고 남은 몇 개의 서류만이 쥐어져 있었다. 가쁜 숨을 내쉬며 애타게 나만 바라보는 그녀의 기대에 찬 눈빛과 가족들의 불안한 시선이 얼굴에 꽂혔다. 오후 회진으로 바쁜 이 시간에 주치의가 다시 많은 서류를 작성할 수 있을지 장담할 수 없었다.

어쩌면 그녀는 오늘 고향으로 갈 수 없을지도 모른다. 시간을 지체하면 할수록 고향으로 가는 길은 더 멀어질 수밖에 없었다. 그녀는 말기암 환자였다. 그녀를 고향으로 보낼 서류들을 준비하느라 다른 입원한 환자들의 투약이 지연되자 보호자들이 간호사를 불러댔다. 퇴원할 또 다른 환자들의 퇴원 약도 아직 확인을 못해 사복으로 갈아입은 환자들이 굳은 표정으로 내 앞에 줄을 서 있었다. 갑자기 상태가 나빠진 또 다른 환자의 상태도 다시 확인해 중환자실 자리도 알아봐야 했다. 해야 할 다른 일들이 어느덧 눈덩이처럼 불어나 점점 압박해왔지만 이

대로 포기할 수는 없었다. 전화기 너머에서 필요한 서류들을 또박또박 나열하는 목소리가 들려왔다.

"그럼 서류가 모두 준비되면 다시 연락……."

"고향 아니꽈! 고향이라 마시!!"

나도 모르게 잊고 있던 사투리가 튀어나왔다. 순간 전화기 너머에서 사무적으로 읊어대던 목소리가 멈췄다. 길고도 무거운 침묵이 이어졌다. 긴 숨을 몰아쉬던 간호사가 이윽고 침묵을 깨며 말했다.

"……지금 가지고 있는 서류가 뭐 뭐 있다고 하셨죠……?"

*

저녁 8시. 그녀가 고향에 잘 도착했다는 연락이 왔다. 그 응급실 간호사였다. 구급차가 활주로에서 기다리다 무사히 그녀를 태웠고 조금 전 응급실을 통해 중환자실에 입원했다고 했다.

"알려드려야 할 것 같아서……. 참, 그리고 환자분이 감사하다고 꼭 전해달랍니다."

갑자기 해가 지는 어둑한 하굣길에서 맡았던 익숙한 냄새가 코끝에 감돌았다. 그녀가 이동차에 누워서 보았을 잊고 있던 익숙한 밤하늘도 눈앞에 펼쳐지는 듯했다. 그런 고향이니까, 마지막도 괜찮을 거라고 나는 마음으로 그녀를 위로했다.

지키지 못한
마지막에 대하여

엄마는 액세서리를 좋아한다. 언젠가 사촌 오빠 아기 돌 반지를 사러 함께 들른 백화점 귀금속 코너에서 엄마는 한참 동안 진주 반지에서 눈길을 떼지 못했다.

"뭘 그렇게 보는데?"

"저거…… 참 이쁘다."

"뭐가 이뻐? 난 잘 모르겠는데? 알이 너무 크다. 저렇게 큰 걸 하고 싶어?"

"아니 뭐 구경도 못 하니?"

"에이, 엄마 나이에는 안 어울리지."

"얘가, 넌 나이 안 먹을 것 같아? 그리고 나이 들어도 저런 거 좋아하는 사람은 좋아해!"

나이 운운하는 내 말에 발끈한 엄마는 뒤도 안 돌아보고 가
버렸다.

*

여든 살의 할머니가 중증 열탕 화상으로 중환자실에 입원
했다. 출가한 1남 3녀의 자녀들은 모두 효자 효녀였고 노부부
는 금슬이 좋기로 동네에 소문이 자자했다. 자식들을 무사히
잘 키워낸 노부부는 더없이 건강했고 같이 걸어온 인생을 돌
아보며 이제는 자신들의 황혼을 즐기고 있었다. 지난달에는
이민 간 막내아들 내외와 손주를 보러 함께 미국에도 다녀왔
다. 할머니는 소녀의 감성을 간직하고 있었고 할아버지는 더
없이 자상한 신사였다.

굴곡 없고 부족함 없는 삶이었다. 여름이 막 지날 때 할머니
는 부쩍 약해진 할아버지를 위해 곰탕을 끓였다. 그런데 꼬박
하루를 끓인 곰탕을 베란다로 옮기던 할머니가 뒤로 미끄러지
면서 뜨거운 곰탕이 몸 위로 쏟아졌다. 모든 일이 순식간에 일
어났다. 그렇게 지금까지 생각지도 못했던 전혀 다른 삶이 시
작되었다.

뜨거운 곰탕이 훑고 간 자리는 조금도 성한 곳이 없었다. 무

엇보다 범위가 너무 넓었다. 온몸을 덮고 있던 피부의 반이 진물로 번들거리며 녹아내렸고 치료 후에도 미이라처럼 감아놓은 붕대 사이에서 끊임없이 진물이 흘러내렸다. 화상으로 죽은 조직을 조금씩 제거해나갔지만 젊은 사람들과 달리 좀처럼 살이 차오르지 않았다. 살이 차오르지 않자 피부 이식 수술은 매번 연기되었다. 고령의 나이는 점차 힘든 화상 치료를 견디지 못했다.

면회 시간이 오기를 기다리다 제일 먼저 들어오던 할아버지는 매번 집으로 가겠다고 아이처럼 떼쓰는 할머니를 조용히 어루만지며 살뜰하게 보살폈다. 딸들은 교대로 엄마가 좋아하는 음식을 만들어 와 한 술이라도 더 먹이려 매일 엄마와 실랑이를 벌였다. 짧은 면회 시간이 지난 후에도 할아버지는 중환자실 앞에서 떠날 줄 몰랐다. 중환자실 문이 열리고 닫힐 때마다 할머니를 바라보는 간절한 시선이 느껴졌다.

하지만 이런 가족의 정성에도 할머니의 상태는 점점 나락으로 떨어지고 있었다. 벗겨진 피부 주위로 감염이 빠르게 진행되고 있었다. 30년 전부터 고혈압 약을 복용했지만 약을 끊어도 혈압은 오르지 않았다. 의식도 조금씩 잃어가고 있었다. 혼자 횡설수설하더니 마지막엔 가족도 알아보지 못했다. 결국 기관 내 삽관과 인공호흡기가 연결되었고 심장이 뛰는 속도는 눈에 띄게 느려졌다. 한결같이 중환자실 앞을 떠나지 못하는 할아버지가 안쓰러워 잠깐 동안 얼굴을 볼 수 있게 배려했다. 할아버지는 이제 자신도 못 알아보는 아내를 조용히 끌어안고 뜨거운 눈물을 쏟아냈다. 남은 가족들에게 최악의 상황이 예고되었다. 할아버지와 닮은 큰딸이 두 눈에 눈물이 그렁그렁한 채 막내가 미국에서 오고 있다는 소식을 알려왔다. 하지만 할머니에게는 시간이 없었다.

"마누라, 이거 갖고 싶다고 했지요?"

할아버지의 마지막 면회였다. 할머니의 심장은 약물의 힘으로 겨우 버티고 있었다. 언제 심장이 멈추어도 이상할 게 없는 상태였다. 호주머니를 뒤적이던 할아버지는 떨리는 손끝으로 보석함 속에서 커다란 흑진주 반지를 하나를 꺼냈다.

"여보……. 이게 맞는지 어디 한번 눈 좀 떠 보시구려……. 좀 더 일찍 해줬으면 좋았을 텐데……. 당신 알다시피 내가 좀 느려터졌잖아요. 마누라, 우리 막내아들 윤식이가 오고 있다오. 당신이 늘 품에 끼고 돌던 그 윤식이 말이오. 당신, 미국 다녀오고도 윤식이 보고 싶다고 매일 울지 않았소. 당신은…… 당신은…… 좋아하는 거 해주면 원래 약속은 꼭 지키던 사람이니……. 그러니 늦게 줬다고 화내지 말고……. 이거 받고 윤식이 올 때까지만, 조금만 더 기다려줄 수 있겠소?"

할아버지는 떨리는 손으로 반지를 끼우려 했지만 너무 부어오른 할머니의 손가락은 반지를 채 반도 받아들이지 못했다. 그래서였을까. 할머니가 끝내 약속을 지키지 못했던 것은.

아침 근무가 막 끝날 무렵 할머니는 할아버지와 세 딸의 눈물 속에서 영안실로 옮겨졌다. 퇴근을 위해 오른 엘리베이터가 병원 로비에서 막 열린 순간, 언젠가 할아버지가 보여준 사진 속 할머니와 꼭 닮은 막내아들이 택시에서 내려 황급히 병원으로 뛰어 들어오고 있었다.

문득 내가 겪었던 일들이 떠올랐다. 고향으로 향하는 그날의 마지막 비행기에 사람들이 오를 때쯤 아버지의 상태가 좋지 않다는 연락을 받았다. 그리고 그 마지막 비행기가 막 고향에 닿았을 때쯤 결국 아버지가 돌아가셨다는 소식을 들었다. 그때 발이 묶인 내가 할 수 있는 것은 아무것도 없었다. 다음날 새벽 첫 비행기가 뜰 때까지 밤새 마음을 졸이며 한없이 울었다. 그렇게 아버지의 임종을 지키지 못한 것은 오랫동안 내게 깊은 상처로 남았다.

미국을 떠나오는 비행기에서 내내 나처럼 마음 졸이고 울었을 그 아들에게 깊은 연민이 느껴졌다.

욕쟁이 할머니의
쓸쓸한 침묵

"진짜 결혼 안 할 거야?"

아침부터 엄마의 얘기가 삼천포로 빠졌다. 얼마 전 결혼한 사촌 남동생의 신부와 결혼식 풍경을 말하다 여태껏 하지도 않던 말을 불쑥 꺼낸 것이다.

"결혼? 결혼하면 뭐가 좋은데?"

"자식은 있어야 할 거 아냐?"

"자식 꼭 있어야 돼?"

"그럼, 자식은 있어야지. 없으면 말년에 외롭지."

"그건 자식이 있든 없든 사람이면 누구나 외로운 거 아니야? 갈 때 같이 갈 것도 아니고."

"에휴, 내가 말을 말지."

제법 철학적인 말이 나오자 엄마가 입을 삐죽거렸다. 문득 홀로 악착같이 8남매를 키워냈다는 한 할머니가 떠올랐다.

*

"야, 이 ×××들아!"

조그맣고 깡마른 할머니는 시도 때도 없이 언제나 욕설부터 퍼부었다. 85세의 고령에 뇌졸중이라고는 믿을 수 없는 쩌렁쩌렁한 목소리였다. 발견 당시 할머니는 혼자였다. 부정맥이 있었고 부정맥이 만들어낸 혈전 중 하나가 뇌혈관을 막았다. 뇌졸중은 할머니의 몸 중 딱 절반의 기능을 빼앗아갔다. 기계음만 가득한 중환자실에서 할머니는 입만 열면 욕을 해댔고 조금이라도 마음에 안 들면 윽박지르거나 멀쩡한 한쪽 팔과 다리를 들어 마구 때리려 했다.

"빨리 안 와? 이 ×××이!"

"이것만 얼른 하고 갈게요."

옆 환자의 숨소리가 좋지 않아 가래를 막 뽑아내고 있던 담당 간호사가 서두르며 대답했다.

"내가 그 인간만도 못하다는 거야? 이 ××× 같은 게!"

"욕 좀 그만 하시구요, 뭐가 불편하세요?"

"내가 이래봬도 자식이 8남매야. 마흔 살에 혼자돼서 나 혼자 그 자식들 다 키웠다구. 그러니 가서 시원한 물이나 좀 떠와."

늘 이런 식이었다. 그때마다 표정에는 강한 자부심이 가득했지만 실제로 자식들과의 관계는 원만하지 않아 보였다. 하루 두 번 면회 시간에 오는 자식들은 8남매 중 단 한 명도 없었다. 자식에게도 저렇게 욕설을 하고 거칠게 대했던 걸까. 중요한 시술이 있던 날, 시술 동의를 위해 할머니의 큰아들에게 전화를 했다.

"예, 하겠습니다. 해주세요."

"한번 병원으로 오시는 게……."

"우리 어머니 성격 모르세요? 하여간 노인네 고집은 어찌나 센지, 우리 자식들도 두 손 두 발 다 들었다니까요. 어째 나이가 들어도 예전이나 지금이나……. 아무튼 갈 사람 없어요. 가봤자 좋은 소리도 못 들을 거고. 모두들 바쁘게 사니까."

오랜 시간 동안 할머니는 면회 오는 사람 하나 없이 중환자실에 홀로 남겨졌다. 누구도 오지 않는 시간이 길어질수록 더 이상 자랑스럽게 8남매를 키워낸 이야기를 하지 않았다. 그와 동시에 소리도 지르지 않았고 욕설을 하는 횟수도 줄었다. 그때쯤부터 갑자기 상태가 악화되기 시작했다.

"내가 어떻게 살아왔는지 알아? 고것들, 고것들 굶기지 않으려고 새벽에 물건 받아 시장에서 행상을 했어. 마흔 살 때부터, 여자 혼자, 무시당하지 않으려고, 악착같이 살아남으려고. 안 그러면 나도 죽고 우리 새끼들도 다 죽으니까. 남한테 하나도 안 줬어. 누가 달라는 걸. 그 세월이 어땠는지는 아무도 모르지. 암, 아무도 모르고말고……."

조그마한 체구의 할머니가 유난히 더 작아보이던 날이었다. 어쩌면 욕설과 쩌렁쩌렁 울리던 목소리는 할머니가 이 세상을 살아낸 유일한 방법이었는지도 몰랐다. 젊은 여자 혼자 자신과 자식들을 지키기 위해 거친 세상과 싸우는 처절한 생존의 방법. 그 시간이 어땠는지 정확히 알 수는 없었지만 분명 녹록지 않았으리라는 것 정도는 짐작할 수 있었다.

할머니는 혼자 힘으로 8남매를 키워낸, 누구보다 책임감 강한 어머니였지만 불행히도 악착같이 키워낸 자식 여덟 명 중 그 누구에게도 이해받는 법을 배우지 못했다. 결국 할머니는 그 누구의 배웅도 없이 중환자실에서 파란만장했던 삶을 조용히 마무리했다.

마지막 순간이 다가올수록 할머니는 윽박지르고 욕설을 퍼붓는 대신 누군가 자신의 이야기를 들어주기를 간절히 바랐다. 찾아오지 않는 자식들을 대신해 중환자실 담당 간호사인 내가 그 이야기들을 들을 수 있었다. 할머니는 같은 이야기를 하고 또 했지만 매번 그녀의 진심을 느낄 수 있었고 점점 더 그녀를 이해하게 됐다. 할머니를 중환자실에서 떠나보낼 때 그런 시간들이, 할머니와 자식들에게서 찾아오지 못한 시간이 못내 마음에 걸렸다.

서른 살,
전쟁은 그렇게 끝났다

비오는 거리가 유난히 질퍽거렸다. 버스 정류장에서 한참을 기다린 끝에 기다리던 버스가 오자 사람들이 우르르 한 몸처럼 달려가 버스에 매달렸다. 바닥엔 빗물이 흥건했다. 뛰어가다 순간 휘청거리는 사람들이 눈에 들어왔다. 서른 살의 평범한 회사원이던 예쁘장한 그녀가 떠올랐다.

*

전쟁 같은 아침 출근길, 젊은이들이 가득한 신촌의 한 버스 정류장에서 그녀도 저 사람들처럼 출근 전쟁을 벌였을 것이다. 상사의 눈치를 받는 지각을 면하려 조급한 마음으로 사람들 틈에 아무렇지 않게 섞여 있었을 것이다. 버스가 물기를 머금고 다가오는 순간에는 적지에 뛰어드는 군인처럼 어떻게든 반드시 저 버스에 타야 한다는 간절한 조바심으로 버스를 향해 뛰어들었을 것이다. 그 순간만큼은 모든 것을 걸었을 터. 하지만 불행은 그녀가 잠시 한눈을 파는 짧은 순간을 놓치지 않았고, 그녀는 순간을 느낄 새도 없이 버스 아래로 빨려 들어갔다.

응급실에 도착해서 찍은 엑스레이 사진을 보니 커다란 바퀴에 빨려 들어간 그녀의 왼쪽 다리와 골반 뼈가 빵가루처럼 으스러져 있었다. 바퀴가 돌면서 왼쪽 발등부터 뜯겨 나간 피부는 멍석처럼 말려 그녀의 왼쪽 어깨에서 멈춰 있었다. 어깨에 걸린 주름진 피부를 다시 펴고 잡아당겨 발등으로 끌어 내렸다. 여러 의사들이 매달려 몇 시간 동안 겨우 듬성듬성 봉합한 후에야 그녀는 중환자실로 실려 올 수 있었다. 상처는 처참했다. 몸을 가로질러 헝겊 조각처럼 꿰매진 그녀의 흐물흐물해진 피부 위로 버스 타이어 자국이 마치 문신처럼 깊이 새겨져 있었다.

"저…… 회사에 전화 좀 하면 안 될까요? 오늘 중요한 미팅이 있는 날인데……"

어디서부터 손을 대야 할지 난감해 고민하고 있던 우리에게 그녀가 건넨 첫마디였다. 그녀는 자신의 상태를 정확히 모르고 있었다. 몸은 죽음에 가까이 왔는데 정신은 삶에 더 가까이 있었다. 피부가 뜯겨나가는 바람에 패혈증을 피하는 게 치료의 우선순위가 되었다. 매일 2시간씩 그녀의 상처 치료에 매달렸다.

몇 사람이 그녀에게 달라붙어 수십 통의 생리식염수로 상처를 씻어냈고 또 몇 사람이 달라붙어 몇 통의 빨간 소독약을 상처에 들이부었다. 그녀의 다리를 들어 올릴 때마다 뼈 없는 연체동물의 긴 다리를 들어 올리듯 서너 명이 손을 합쳐야 했다. 발목은 수시로 돌아가 고정하지 않으면 발꿈치가 하늘로 돌아누웠다. 치료의 풍경은 마치 전쟁을 연상시켰다. 피와 물과 소독약이 한데 뒤섞여 폭포처럼 바닥에 쏟아져 내렸고 피 묻은 거즈들이 사방에 날렸다. 그녀는 그 전쟁 속에서 총 맞고 쓰러진 사람처럼 정신을 잃었다가 다시 깨어나기를 반복했다.

둘째 날부터 그녀는 비명을 지르기 시작했다. 그렇게 터진 비명은 날이 갈수록 점점 듣는 사람의 가슴속을 깊이 후벼 파고도 여운이 채 가라앉지 않는 처절함이 묻어나왔다. 차라리 의식이라도 없었다면 그나마 나았을지 모르겠다는 생각마저 들었다. 하지만 그녀의 의식은 너무나 맑았고 섬세했다. 치료 때마다 벗겨진 자신의 몸을 들여다보는 그녀의 흔들리는 눈빛은 자신에게 무슨 일이 생긴 건지 도무지 믿을 수 없어 하나하나 다시 곱씹는 것처럼 보였다.

치료는 끝이 없었다. 그녀의 상처는 결코 아물 줄 몰랐다. 사실 그녀에게는 결혼을 앞둔 충실한 약혼자가 있었다. 이 계절 끝에는 그들의 행복한 결혼식이 기다리고 있었다. 한동안 침착하고 담담했던 그녀는 치료 시간이 아닐 때도 상처투성이가 된 몸이 주는 날카로운 고통에 울었고 기약할 수 없는 가혹한 운명이 주는 고통에 눈물을 흘리기 시작했다.

"대체 내게 무슨 일이 있었던 거죠? 왜, 왜 내게 이런 일이 생긴 거죠? 왜 하필 나한테……. 난 정말 착하게 살았는데……. 열심히 살았는데……. 아직 하고 싶은 것도 많은데……. 난, 난 정말 억울해요!!"

그녀는 끝내 약혼자의 손을 잡고 처절한 절규를 뱉어냈다. 날카로운 비명을 지르다 기절했고 깨어나면 아무나 붙잡고 똑같은 말을 묻고 또 물었지만 아무도 대답을 해줄 수 없었다.

안타깝게도 그녀의 상태는 예상대로 흘러갔다. 뼈가 으스러지고 피부가 벌어진 깊은 상처는 매일 반복되는 전쟁 같은 치료에도 패혈증이 진행되고 있었다.

"너무…… 아파요."

몸이 아프다는 건지 마음이 아프다는 건지 가늠할 수 없었다. 몸이 아프다기엔 고통이 섞여 있지 않았고, 마음이 아프다기엔 감정이 실려 있지 않았다. 속 깊고 영민했던 그녀는 이 마지막 말을 끝으로 의식을 잃었고 결국 고통만이 가득했던 전쟁에서 끝내 살아 돌아오지 못했다.

*

비 내리는 정류장에서 전쟁을 치르듯 버스에 몰려들었던 사람들은 그 사이 무사히 버스에 모두 올라 있었다. 이제 남은 한 사람이 계단을 막 오르고 있었다. 난 천천히 그 사람 뒤에서 우산을 접고 그 버스의 마지막 승객이 되었다.

하고 싶은 것이 많다던 그녀를 그렇게 보내면서 어쩌면 삶은 지뢰밭을 걷는 것과 비슷할지도 모른다는 생각이 들었다. 누구는 걷는 동안 한 번도 밟지 않는 행운을 누리기도 하지만 누구는 너무 일찍 밟아 가려던 걸음을 그 자리에서 멈춰야 했다. 아무리 지위가 높고 돈이 많아도 삶에서 지뢰 탐지기 같은 건 그 누구에게도 주어지지 않는다. 삶이란 그렇게 불공평하면서 공평한 무엇으로 내게 다가오고 있었다.

어쩌면 삶은 지뢰밭을 걷는 것과
비슷할지도 모른다는 생각이 들었다.
누구는 걷는 동안 한 번도 밟지 않는 행운을
누리기도 하지만 누구는 너무 일찍 밟아 가려던 걸음을
그 자리에서 멈춰야 했다.
아무리 지위가 높고 돈이 많아도
삶에서 지뢰 탐지기 같은 건
그 누구에게도 주어지지 않는다.
삶이란 그렇게 불공평하면서 공평한 무엇으로
내게 다가오고 있었다.

인간에 대한
예의

내가 어릴 때는 운동장에서 뛰어놀다가도 애국가가 울리면 모든 동작을 멈추고 교정에 걸린 태극기를 향해 가슴에 손을 붙이고 있어야 했다. 초등학교 어느 땐가 한 담임 선생님은 "우리는 한민족"이라는 말과 "백의민족"이라는 말을 즐겨 쓰곤 했다. 그 말에는 불결한 그 어떤 것도 섞이지 않은 단일민족이라는 자부심으로 가득했다. 그로부터 30여 년이 지난 어느 날, 선생님의 가르침에 처음으로 반감이 생겼다.

*

베트남에서 왔다는 앳된 얼굴을 한 스무 살의 여자가 화상을 입고 중환자실에 입원했다. 남편은 쉰 살의 한국 남자였다. 결혼 적령기를 훌쩍 넘긴 농촌 총각들이 동남아시아에서 맞선을 보고 며칠 만에 그곳의 신부와 결혼식을 올리는 일이 더는 놀랍지 않을 때였다. 그녀는 한국에서 온 쉰 살의 남편을 만나 사흘 만에 결혼을 했고 남편을 따라 낯선 한국으로 왔다. 그리고 한창 신혼이어야 할 3개월 만에 달궈진 철판 위를 내달린 그녀의 발바닥은 녹아내렸다. 한국말을 전혀 할 줄 몰랐던 그녀와의 대화는 대부분 몸짓으로 해결했다. 아프면 아픈 곳을 손으로 가리키며 울었고 멸균된 식염수로 상처를 씻어내는 치료를 마치고 추우면 몸을 떠는 시늉을 했다. 모든 게 괜찮으면 밝게 웃었다.

믿었던 남편은 한국에 들어온 첫날부터 술에 취해 그녀를 때리기 시작했다. 말을 못 알아들으면 못 알아듣는다고 때렸고 말을 못해 손짓을 하면 왜 말을 못하냐며 때렸다. 모든 게 낯설기만 한 그녀에게 한국은 점점 떠나고 싶은 공포의 나라로 변해갔다. 그녀의 얼굴과 온몸에는 아직 채 가시지 않은 폭력의 흔적이 고스란히 남아 있었다.

결코 폭력이 멈추지 않을 것 같던 어느 밤, 그녀는 도망치듯 그곳을 빠져나왔다. 다시 고향으로 돌아갈 생각이었지만 당장 비행기 표를 구할 돈이 없었다. 먼저 한국에 들어온 베트남 친구와 같이 공장에서 일을 하기 시작했다. 고향으로 돌아갈 수 있다는 희망에 힘든 일도 즐겁기만 했다. 사고 당일, 남편이 어떻게 알았는지 공장으로 그녀를 찾아왔다. 그녀는 남편을 보자마자 공장 반대편 가장 깊숙한 곳으로 뛰어 들어갔다. 용광로가 있는 곳이었다. 빨갛게 달궈진 철판 위로 그녀가 달렸고 순식간에 신발이 녹아내리면서 그녀의 두발도 같이 녹아내렸다.

복지단체의 한 관계자와 남편이 병원을 찾은 날, 나는 처음으로 그녀의 남편을 보았다. 50대의 나이에 맞는 평범한 체격에 이제 막 벗겨지기 시작한 이마는 순박해 보이기까지 했다. 하지만 남편을 보는 순간 그녀의 얼굴이 공포로 가득 채워졌다. 그 공포의 눈빛이 너무나 강렬해서 내 몸이 같이 떨려올 정도였다. 나는 두 사람을 번갈아 쳐다보았다. 복지단체에서 온 직원이 먼저 남편에게 말했다.

"치료 끝나면 그냥 고향으로 돌려보내는 걸로 하시죠. 본인도 저렇게 원하는데."

"절대 그렇게는 못하죠! 내가 얼마를 주고 데려왔는데!!"

"그럼 때리지 말았어야죠."

"내 마누라 내가 패는데 당신이 무슨 상관이오? 내가 달리 그랬겠소? 말을 안 들으니까 그랬지. 당신도 남자니까 알 거 아니오?"

남편은 뻔뻔했고 당당했다. 마치 비싼 돈을 주고 사온 장난 감을 누가 빼앗으려 하기라도 하듯 경계의 날을 한껏 세웠고 또 이내 억울하다는 표정을 지었다. 복지단체의 남자도 질린 표정이었다. 그녀 역시 우리가 하는 말을 알아듣지는 못했지 만 느낌으로 아는 듯했다. 갑자기 비명을 질러댔고 발버둥을 치기 시작했다. 침대가 들썩거릴 정도로 사시나무처럼 온몸을 떨기 시작하자 나는 서둘러 면회를 마치고 두 사람을 중환자 실 밖으로 내보냈다.

"발 다친 건 내 잘못 아니오. 지가 지 발로 달려갔지. 아무튼, 치료 좀 잘해주쇼. 거, 앉은뱅이 되면 곤란한데."

중환자실 문이 닫힐 때 나와 눈이 마주치자 그는 빙글 웃어 보였다. 그의 눈 속에서 짐승을 본 것 같아 순간 온몸에 소름이 돋았다. 그가 나간 뒤 경련을 일으키듯 떨어대는 그녀를 진정 시켜야 했다. 그녀를 안고 등을 토닥거리면서 나는 너무 부끄 럽고 창피해 고개를 제대로 들 수조차 없었다.

복지단체에서 폭력으로 소송을 건다는 말이 나와도 꿈쩍 않던 그녀의 남편은 결국 몇 푼의 돈을 받아 쥐고 나서야 그녀 를 고향으로 보내도 좋다는 동의서에 사인했다. 더는 병원에 찾아오지도 않았고 그녀의 상태를 궁금해하지도 않았다. 평생 을 같이할 남편이라고 믿었기에 가족과 헤어져 낯선 나라로 온 그녀였다. 그러나 남편은 인간에 대한 예의라고는 눈곱만큼도 없는 사람이었다. 곧 그가 다른 어느 나라에서 또 돈으로 어린 여자와 결혼할 것이라는 생각이 들었다. 상상만으로도 절망스러웠다. 그가 그녀를 결코 아내로 생각하지 않았다는 것을 나는 그의 눈빛에서 알 수 있었다. 그의 두 눈에는 우월한 자만심이 가득 차 있었다. 단일민족은 결코 자랑스러운 게 아니었다. 세상의 모든 악惡은 내가 그들보다 우월하다는 어리석은 믿음에서부터 시작된다는 사실을 알았다.

이제 겨우 스무 살이 넘은 그녀에게 현실은 너무 가혹했다. 그녀는 매일 울고 또 울었다. 다친 다리가 아파서 우는 게 아니라 깊은 마음의 상처에서 나오는 눈물이라는 것을 나는 알 수 있었다. 울다 지칠 때면 늘 멍하니 천장만 바라보던 그녀는 새카맣게 타버린 두 발이 아물자마자 도망치듯 한국을 떠났다.

내 편이
되어줘

"그거 진짜 무섭지 않냐?"

한낮 온도가 35도를 오르내리던 한여름, 시원한 바람을 찾아 들른 어느 커피 전문점에서였다. 에어컨 앞에 자리 잡은 친구는 연신 호들갑을 떨어대며 며칠 전 TV에서 납량특집으로 방영된 프로그램 내용을 나에게 들려주고 있었다.

"야, 그거 진짜 있나 봐. 막, 이러고는……. 으아, 정말 무서워서 화장실도 못 가겠더라니까."

"무섭긴, 그런 게 어딨냐?"

"아니야, 있어. 진짜 있는 것 같아. 왜 사람들이 그러잖아. 죽기 직전에는 뭐가 보인다고."

"그럼 너도 나도 나중엔 그거 보겠네. 그때 확인하면 되지 뭐."

"야, 그런 소리 말어. 난 그런 거 보이기 전에 먼저 죽어버릴 거야. 무서워서 어떻게 살아."

친구의 말이 하도 우스워 커피를 마시다가 사레가 걸렸다. 연신 쏟아지는 기침에 문득 누군가와 끊임없이 눈싸움을 벌이던 한 할머니가 떠올랐다.

*

암 수술 후 옆구리를 통해 위와 연결된 작은 관으로 겨우 유동식만을 섭취할 수 있었던 할머니는 말기 위암이었다. 중환자실에 입원할 무렵에는 유동식조차 소화시키지 못하고 무엇보다 지독한 통증으로 힘들어했다. 더 이상의 치료는 무의미했고 고통을 줄여주는 진통제 외에는 해드릴 수 있는 것이 없었다. 처음 6시간마다 들어가던 마약성 진통제는 4시간마다, 그리고 3시간마다로 간격이 점점 더 짧아졌다.

어느 밤 근무 때였다. 진통제 없이는 단 한 시간도 잠을 못 이루는 할머니였지만 그날은 진통제를 투여했는데도 자지 않고 우두커니 앉아 있었다. 자세히 보니 그냥 앉아 있는 게 아니라 어두운 중환자실 구석 모서리를 계속 노려보고 있었다. 위장으로 연결된 관이 잘 고정되어 있는지 확인하는 동안에도 할머니는 꼼짝도 하지 않았다.

"할머니, 혹시 지금도 많이 아프세요?"

"아니."

"그런데 왜 아직도 안 주무세요? 이제 좀 주무세요."

할머니는 내게 눈길 한번 주지 않은 채 중환자실 구석을 계속 응시하고 있었다. 할머니의 시선을 따라 바라본 모서리는 불이 꺼져 어두운 여느 때와 같은 모습이었다. 대답 대신 갑자기 할머니가 손가락 끝으로 어두운 구석 모서리를 가리켰다.

"저기…… 저거 보이지?"

"네? 저기 뭐가 있어요?"

"저기 안 보여? 저게 지금 거꾸로 매달려서 날 보고 있잖아. 아까부터. 나 잠들면 데려가려고 기다리고 있는 거야, 저게."

하지만 내 눈에는 하얀 색의 깨끗하고 평범한 천장 모서리만 들어왔다. 중환자들이 가끔 겪는 환청과 섬망이라는 생각이 들었다. 현실을 인지시킬 필요가 있었다. 하지만 할머니의 눈빛이 한층 더 단호해졌고 구석을 노려보는 눈빛에서 너 따위에는 결코 지지 않겠다는 비장감마저 느껴졌다.

"할머니, 여기 어디예요?"

"……."

"여기 병원인 건 아시죠? 할머니 성함이……?"

"내 편이 되어줘."

뜻밖의 말이 할머니 입에서 흘러나왔다.

"저게 나한테 오지 못하게 해줘."

할머니가 노려보는 게 뭔지도 모르는데 그게 어떻게 할머니에게 오지 못하게 할 것인가. 갑자기 머릿속이 복잡해졌다. 어떻게 하면 보이지 않는 뭔가에 맞서 할머니 편이 될 것인가를 생각하다 우선 시간이 되는 대로 할머니 옆에 있기로 했다. 어쨌거나 같은 편이 된다는 건 같이 붙어 있어야 한다는 거니까.

매 시간 다른 환자들의 혈압을 서둘러 체크하고 투약이 끝난 뒤에도 아무 일이 없으면 나는 어김없이 할머니 곁에 자리를 잡고 앉았다. 그리고 할머니가 바라보는 구석을 같이 바라보았다. 할머니를 위해 할 수 있는 건 겨우 그 정도뿐이었다.

어릴 때에도 친구와 다른 아이가 싸우면 '같은 편'이 할 수 있는 건 친구와 나란히 서서 상대방을 같이 노려보는 것이었다. 할머니가 입술을 꼭 다물고 구석을 바라보면 나도 입술을 꼭 다물고 같은 곳을 바라보았고, 할머니가 그곳을 노려보면 나도 같은 곳을 노려보았다. 긴 침묵 속에서 한참 동안 같은 곳을 바라보는 시간이 길어지자 우리에게는 일종의 연대감이 생겼다.

"할머니는 아픈 거 좀 좋아지면 하고 싶은 거 있으세요?"

"하고 싶은 거?"

할머니의 눈이 구석을 떠나 나를 바라보았다.

"그런 얘기는 처음 듣네……. 하도 오래 아파서……. 그런 거 몰라."

"에이, 왜 사람들은 하고 싶은 게 있잖아요."

"우선 여기서 좀 나갔으면 좋겠어. 너무 답답해. 그리고 하늘 한번 훨훨 날아봤으면 좋겠어. 여기저기 구경이나 하게."

한참을 곰곰이 생각하던 할머니는 처음으로 마음속 얘기를 꺼냈다. 조그마한 희망이라도 품고 계셨으면 하는 바람으로 던진 질문이었지만 할머니는 오히려 기력을 잃어가고 있었다. 점점 모서리를 노려보는 일도 힘들어 보였다.

"이젠 안 그래도 돼."

할머니가 잠들었을 때 자신을 데려갈지도 모른다던 보이지 않는 그 뭔가를 혼자서 바라보고 있을 때였다. 잠든 줄 알았던 할머니가 가만히 내 손을 잡았다. 할머니의 몸은 이제 진통제에도 더 이상 나아지지 않았다.

"내 편이 되어줘서 고마워."

며칠 후 할머니는 조용히 생을 마감했고 소원대로 중환자실을 벗어났다. 중환자실 천장 구석에서 할머니가 밤새 노려보던 것이 무엇이었는지 나는 모른다. 하지만 언젠가 나 역시 삶을 마감할 때쯤엔 내 눈에도 보일 수 있겠다는 생각이 들었다. 그때 나에게도 누군가 나와 같은 곳을 바라봐주는 든든한 내 편이 있었으면 하는 생각을 아주 잠깐 해보았다.

희생의
의미

19세기 중후반부터 일제 강점기까지 경제적으로 어려움을 겪던 조선인들이 생계를 위해 중국으로 건너갔다. 하지만 그들은 광복 후에도 중국이 공산화되는 바람에 돌아오지 못했다. 자연히 정착해 중국 국적을 취득하게 되었는데 이들을 우리와 같은 한민족 혈통의 '조선족'이라고 부른다.

'조선족'이라 불리는 사람들이 궁금해 찾아본 사전 속 내용이다. 식당에도 조선족 아주머니가 흔하고 병원에도 조선족 간병인이 늘어나고 있으니 의미 정도는 알고 싶었다.

내가 돌본 환자 중에도 조선족이 있었다. 50대 중반의 그녀는 이제 막 고단했던 3년간의 한국 생활을 마쳤다. 남편이 병들어 죽자, 남은 가족들에게 돈이 필요했다. 특히 영특한 막내딸을 꼭 대학까지 보내서 공부시키고 싶었다. 그녀는 관광비자로 입국했고 불법 체류자로 남아 식당 일을 시작했다. 누가 알아챌 것 같으면 식당을 옮겼고 임금을 받지 못한 일도 몇 번 있었지만 고생한 보람이 그녀에게도 마침내 찾아오는 듯했다.

막내딸은 원하던 대학교에 합격했고 하루 12시간씩 일하며 중간중간 조금씩 가족에게 돈을 보내고도 3년간 1000만 원이나 모았다. 드디어 가족들이 기다리고 있는 중국으로 돌아가는 날이 왔다. 짐을 싸면서 얼마 전 태어난 손자의 사진을 품에 넣었다. 설레는 마음으로 공항으로 향하는 버스에 몸을 실었고 중국행 비행기 표를 끊었다. 이제 비행기만 타면 고향이었다. 미소를 머금고 입국장으로 막 들어서던 순간 그녀가 갑자기 쓰러졌다.

뇌출혈이었다. 입원 당시 혈압은 머릿속의 가는 혈관을 여럿 터뜨리고도 남을 만큼 기세등등했다. 뇌출혈로 손상된 뇌는 점점 부풀어 오르고 있었다. 응급으로 머리를 열어 출혈된 부위를 씻어내고 부풀어 오른 뇌가 눌려 손상되지 않도록 머리뼈 일부를 잘라내는 수술이 진행되었다.

"세상에…… 가끔 머리가 아프다고만 했지 이 지경이 될 줄은……. 집에 간다고 얼마나 좋아했는데……."

가족을 대신해 병원을 찾은 식당 주인은 그녀가 얼마나 착하고 성실했는지를 한참 동안 늘어놓다 더 이상 말을 잇지 못했다. 그녀의 커다란 가방 속은 가족들을 위해 준비한 자잘한 선물들로 빼곡했고 그 사이로 먹다 남은 두통약 한 통이 들어 있었다. 그녀는 그동안 차마 자신의 몸을 돌볼 여력이 없었다. 빨리 돈을 벌어 다시 고향으로 돌아가고 싶은 마음만 간절했다. 가끔씩 찾아오는 두통은 약 몇 알로 달래야 하는 그저 귀찮은 손님일 뿐이었다. 그녀가 간절히 원하던 귀향의 순간, 하필이 귀찮은 손님이 불행의 이름으로 고향 가는 길을 가로막은 것이다.

퉁퉁 부은 얼굴을 하고 인공호흡기에 의지한 채 그녀는 중환자실 한가운데 자리 잡았다. 엄마라는 책임감으로 하루 종일 쉴 새 없이 그릇을 닦아내던 그녀의 손가락 마디마디가 거칠게 갈라져 있었다. 그녀의 삶에 깊은 경외심이 생겼지만 삶에서 그 누구도 자유로울 수 없는 불행의 실체가 눈앞에 있었다. 또 다른 출혈로 몇 번의 크고 작은 수술을 더 했지만 그녀의 의식은 돌아오지 않았다. 마치 3년의 고된 시간을 보상받으려는 듯 깊은 잠을 자는 것 같았다. 의식 없는 시간이 길어지자 망가져가는 몸도 재기할 기미를 보이지 않았다.

귀찮은 손님으로 다가온 끈질긴 불행은 집으로 가는 길목에서부터 그녀를 물고 끝내 놓아주지 않았다. 중국에 있는 가족들이 입국할 수 있도록 필요한 진단서가 발부되었고 가족들이 미처 비행기에도 오르기 전, 그녀는 고단한 시간들로 가득했던 이곳에서 그동안 밀린 잠을 자듯 한 번도 깨지 않고 그대로 삶을 마감했다.

그녀가 3년 동안 악착같이 모았던 1000만 원이 사흘 만에 병원비로 사라진 뒤였다.

자신을 희생하는 것이 가족을 위한 일이라고 믿었을 아주머니의 생각은 틀렸다. 나는 그것을 중국에서 뒤늦게 도착한 자식들을 보면서 알 수 있었다. 얼마 전 아빠가 되었다는 아들에게서는 어미를 잃고 홀로 정글에 버려져 떨고 있는 작고 가여운 새끼 곰이 떠올랐고, 엄마의 꿈이었다는 막내딸의 처절한 울음에서는 어미에게 아직 나는 법을 배우지 못한 빈 둥지에 남은 작은 새가 떠올랐다.

그들에게는 아직 엄마가 필요했다. 그녀는 어떻게 해서든 자식들을 위해 꼭 그 자리에 남아 있어야 했다.

간호사,
그 아름답고도 슬픈 직업에 대하여

처음부터 꿈꾸던 직업은 아니었다. 하지만 나는 지난 21년 간 중환자실 간호사로 살아왔다. 그 시간들은 내가 하는 일에 강한 자부심을 주었다. 내 직업이 자랑스러웠고 또 감사했다. 내가 다른 간호사들보다 더 좋은 병원에서 일했다거나 더 많은 돈을 벌어서가 아니다. 오히려 열악하고 힘들었지만 고통에 시달리던 환자들의 얼굴이 편하게 변해가는 모습이 좋았고 아무도 듣지 않으려 했던 그들의 이야기를 듣는 것이 좋았다.

삶과 죽음 사이에서 헤매고 있는 내 환자를 삶으로 끌어오는 일은 정말 뿌듯한 일이었다. 그럼에도 그들을 삶 쪽으로 끌어오지 못하면 마지막 순간까지 정성껏 배웅하는 것으로 죄송한 마음을 전했다. 진심을 다하면 환자들이 변해갔고 내 안의 세상이 바뀌어갔다. 단지 그게 좋았을 뿐이다. 그 경험들이 하나둘씩 마음에 채워질수록 삶은 더 이해하기 쉬워진 것처럼 느껴졌다. 죽음은 더 이상 두렵지 않았다.

내 환자들은 나를 믿어주었고 가족조차 보지 못하는 것까지 내게 허락했다. 그들은 소통이란 꼭 말로만 이루어지는 것이 아니라는 사실을 가르쳐주었다. 건강한 지금의 나도 언젠가는 그들과 같이 마지막 순간을 맞닥뜨리게 될 것임을 잊지 않게 해주었다. 늘 겸손히 꿈을 향해 나아갈 용기를 심어주었다. 내 직업에 자부심을 느끼게 해준 건 오로지 내가 돌본 환자들뿐이었다.

하지만 환자들만을 위해 일하기엔 힘든 시간들도 많았다. 당장 응급 수술을 받아야 하는 100킬로그램이 넘는 거구의 환자를 수술실로 급히 옮기다 허리를 다치고도 대체 인력이 없다는 이유로 한동안 복대를 찬 채로 일을 해야 했고, 한 달에 보름을 12시간 넘는 밤 근무를 하고 쉬는 날 갑자기 자리를 비운 간호사를 대신할 사람이 없어 잠 한숨 못 잔 지친 몸으로 또다시 밤 근무에 나서기도 했다. 자기가 해야 할 일까지 간호사들에게 미루던 나이 어린 의사의 태도에 한동안 분한 마음을 삭여야 했던 시간들도 있었고, 그런 의사에게만 호의적인 많은 환자와 가족들에게 멱살도 잡혀봤으며, 그들에게 무수히 많은 손가락질과 입에 담지 못할 온갖 욕설도 들어봤다.

*

우리나라는 다른 어느 나라보다 간호사가 많이 배출되지만 실제 현장에서 일하는 간호사들은 점점 사라지고 있다. 간호사가 없다며 우후죽순처럼 간호대를 만들고 또 만들었지만 연간 사직하는 간호사는 35퍼센트를 넘는다.

간호사가 담당하는 환자의 수가 적어질수록 환자의 입원 기간이 짧아지고 의료비가 내려간다는 사실은 여러 연구에 의해 입증된 바 있지만, 병원 경영이 어려워지면 가장 먼저 간호사들의 인건비를 깎는 것이 현실이다. 간호사의 정당한 근로가 인정받지 못하고 있다. 실적만을 앞세운 병원은 간호사가 하는 일들이 병원에 돈이 되지 않는다는 이유로 간호사를 보호해주지 않는다. 간호 인력이 줄자 남아 있는 간호사들이 감당해야 하는 일의 강도는 더 세졌다. 이제 남아 있는 간호사들도 오직 '살기 위해' 하나둘 병원을 떠난다.

간호사가 가족조차 꺼리는 사망한 환자를 양치시키고 열린 항문으로 끊임없이 흘러나오는 대변을 씻겨주며 소독약으로 얼룩진 몸을 구석구석 닦이고 면도를 하는 것은 돈이 되지 않는다. 하지만 나는 지금껏 그래왔고 내 후배들에게도 그렇게 가르쳐왔다. 그건 '인간에 대한 예우'였다. 아무리 열심히 해도 합당한 보상을 받을 수 없는 일이었지만, 그런 후배 간호사들에게 미안하게도 나는 항상 "복 받을 거야"라는 말로 격려할 뿐이었다. 기특한 후배 간호사들에게 선배 간호사인 내가 해줄 수 있는 것은 아무것도 없었다. 수많은 간호사들이 돈이 되지 않는 '인간에 대한 예우'를 하느라 병원에서 얼마나 많은 일들을 하고 있는지 사람들은 모른다. 그건 결코 돈으로도 환산되지 못할 것들이었다.

*

2006년에 지방의 한 대학병원에서 4명의 간호사가 스스로 목숨을 끊었다. 2016년에는 나와 비슷한 또래의 간호사가 스스로 목숨을 끊었다. 그해 8월에는 40대 간호사가 일하는 도중 뇌출혈로 목숨을 잃었고 또 다른 간호사는 뇌경색으로 목숨을 잃었다. 남의 일 같지가 않았다.

21년간 중환자실 간호사로서 느꼈던 '자괴감'의 시작은 나를 가르치던 선배 간호사들의 모습을 보면서부터였다.

잠시라도 자리를 비운 사이 환자에게 행여 무슨 일이라도 생길까 봐 화장실조차 가지 못했던 어느 선배가 방광염에 걸리던 모습에, 끼니를 거른 채 환자의 마지막을 지키던 어느 선배가 근무 내내 끙끙 앓다가 결국 내시경을 받으러 가던 모습에, 생리대를 갈 시간조차 없어 피가 흠뻑 번져오던 어느 선배의 유니폼에, 자기 몸부터 챙겨야 하는 거 아니냐며 언쟁을 벌이곤 했다. 하지만 그랬던 나 역시 식사 때가 훨씬 지나도록 내 환자 곁을 떠나지 못했고 피 묻은 폐기물 박스 옆에서 삶은 달걀 하나로 다급히 허기를 달랬다. 그러면서도 끝끝내 환자를 지키지 못할 때면 죄송함과 부끄러움에 몸서리쳤다. 간호사란 직업은 끝까지 자신의 자리를 지키고 환자들을 열심히 돌보면 돌볼수록 점점 자괴감이 커져가는 직업 같았다. 어쩌면 자괴감이란 무슨 일이 있어도 자기가 해야 할 일을 끝까지 해낸 사람들만이 느끼는 감정일지 모른다는 생각이 들었다.

*

국가 전체가 위기였던 메르스 때 내가 중환자실에 남았던 건 병원을 위해서가 아니었다. 내가 중환자실에 남은 이유는 오로지 그곳에 내가 돌보던 내 환자들이 있었기 때문이다. 그리고 다른 많은 간호사들도 나처럼 자기 환자들을 끝까지 지키려 각 병원에 남았다. 메르스에 감염되어도 그 누구에게도 책임을 묻지 않던 그곳엔 간호사들의 '희생'이 가득했다. 그들이 흘린 땀과 눈물은 메르스가 종식되었음을 선언할 때 '희생'이라는 이름의 재물로 고스란히 바쳐졌다.

간호사들이 강도 높은 노동에 비해 낮은 임금과 처우를 받는 것도 모자라 많은 병원에서 간호사의 인권이 유린당하고 있다는 뉴스가 보도되었다.

이러면서 계속 간호사들에게 '희생'만을 요구할 것인가. 이번에도 그들에게 땀과 눈물로 환자들을 지켜내라고 말할 것인가. 솔직히 그건 너무 염치없는 일이 아닌가.

이익에 눈 먼 병원들은 결코 간호사들을 보호해주지 않았다. 나는 그걸 경험으로 배웠다. 그들에게 간호사는 언제든지 바꿔 끼울 수 있는 기계 속의 조그만 부속품에 지나지 않았다.

늦었지만 이제라도 국가가 나서서 헌신적으로 일하는 간호사들을 보호해주어야 한다. 간호사가 없다고 간호대를 늘리는 눈 가리고 아웅 하는 정책이 아니라 간호사들이 끝까지 병원에 남도록 하는 정책이 시급하다. 간호사는 환자를 지키기 위해서 그 누구보다 더 많은 용기를 필요로 하는 직업이다. 이제는 간호사가 자신의 환자들을 지키는 일에만 더욱 전념할 수 있도록 국가가 나서서 강력한 정책으로 용기를 주어야 한다.

*

중환자실 간호사로 후회 없는 시간들을 보냈다. 환자들의 몸과 마음을 돌보는 '최후의 보호막'으로서 심장이 멎으면 그 누구보다 먼저 달려들었고 혹시 내 환자들에게 잘못된 처방이 내려지지나 않을지 염려되어 끊임없이 책을 찾아 공부했다. 부족한 공부를 채우려 임상전문대학원에도 진학했다.

지난 시간들에 대해 후회가 없어지자 병원을 떠나는 것에도 더는 미련이 남지 않았다. 나이가 들수록 환자와 멀어지고 병원에 가까워지는 관리자가 되는 게 싫었다. 그러자 병원에서 더 이상 되고 싶은 게 없었다. 쉼 없이 달려온 지난 시간들을 돌아볼 여유도 내게는 간절했다.

이제 나의 마지막 꿈은 깊은 산속에서 할아버지 할머니들의 기저귀를 갈아드리고 그들을 돌보고 그들의 이야기를 들으며 살아가는 것이다.

간호사의 일은 아름다웠지만 슬픈 자괴감으로 가득한 직업이었다. 마치 우리의 삶처럼.

2017년 11월, 민망한 옷을 입고 춤을 추는 간호사들의 사진과 함께 어느 병원의 간호사에 대한 열악한 처우가 대대적으로 기사화되기 시작했다. 내가 절망 속에 허우적대다가 떠나온 그 병원이었다.

참고 견디기만 하던 간호사들이 모여 그동안 금기시되었던 '노조'를 만든다는 소식을 들었고, 얼마 후엔 병원이 암암리에 끊임없이 방해공작을 한다는 기사가 나왔다. 그 모습이 마치 두 눈으로 직접 본 듯 그려져 씁쓸한 마음을 감출 수 없었다.

어느 시대, 어느 장소, 어느 세대를 불문하고 '보이는 사람' 뒤에는 항상 '보이지 않는 사람들'이 있었다. '보이는 사람들'은 대개 자신이 세상에 더 잘 보이도록 버둥댔다. '보이지 않는 사람들'은 세상에 내보일 자신의 모습보다는 자신에게 주어진 시간들을 묵묵히 이겨내며 스스로 강해졌다. 사실 세상은 언제나 이런 보이지 않는 사람들이 움직일 때에만 비로소 바뀌어갔다.

간호사도 보이지 않는 사람이었다. 24시간 내내 곁을 지키고 진심을 다해야만 호전되는 환자들에게 꼼수는 결코 통하지 않았다. 그렇게 보이지 않는 사람이 된 간호사들은 수많은 일을 하며 자신에게 맡겨진 환자들을 묵묵히 지켜왔다. 하지만 그럴수록 세상은 더 많은 부당한 일들을 강요하는 듯했다.

며칠 뒤 우여곡절 끝에 드디어 '노조'가 생겼다는 소식이 들려왔다. 보이지 않는 사람에 불과했던 간호사들이 움직여 결코 변하지 않을 것 같던 병원이라는 세상을 바꾸어가고 있었다.

간호사는 환자를 지키는 사람이다. 환자를 지키기 위해 저승사자와 싸우는 사람이다. 그래서 더 많은 용기가 필요한 사람이다. 그 누구도 갑자기 사고를 당하고 병에 걸리는 삶의 변덕을 피해갈 수 없다. 이것이 간호사의 존재와 일을 존중해주어야 하는 이유이며, 그들의 용기를 꺾는 일을 더더욱 용납해서는 안 되는 이유이기도 하다.

간호사가 살아야 비로소 환자도 살 것이므로.

나는 간호사, 사람입니다

2023년 4월 19일 개정판 1쇄 발행
2024년 9월 5일 개정판 4쇄 발행

지은이   김현아

22

222

22

222222

22

222

펴낸곳   도서출판 아를
등록   제406-2019-000044호 (2019년 5월 2일)
주소   10881 경기도 파주시 문발로 139, 407호
전화   031-942-1832
팩스   0303-3445-1832
이메일   press.arles@gmail.com

© 김현아 2023
ISBN 979-11-980706-3-0 03810

이 책은 저작권법에 의해 보호받는 저작물이므로 무단 전재와 복제를 금합니다.
이 책 내용의 전부 또는 일부를 이용하려면 반드시 저작권자와 도서출판 아를의
서면 동의를 받아야 합니다.

• 책값은 뒤표지에 표시되어 있습니다.
• 잘못된 책은 구입하신 서점에서 교환해드립니다.

아를ARLES은 빈센트 반 고흐가 사랑한 남프랑스의 도시입니다.
아를 출판사의 책은 사유하는 일상의 기쁨, 아름다움을 발견하는 즐거움을 드립니다.
◦ 페이스북 @pressarles   ◦ 인스타그램 @pressarles   ◦ 트위터 @press_arles